AUX AN...

... OÙ ILS SE TROUVENT ...

LES ÉGLISES DE ...

A ...

... LE PRÉFET ...

PAR

M. LAFAY...

PARIS

MÉMOIRE

AU SUJET DES

VITRAUX ANCIENS

MÉMOIRE

AU SUJET DES

VITRAUX ANCIENS

ÉTAT OU ILS SE TROUVENT APRÈS LE SIÈGE

DANS LES ÉGLISES DE PARIS

ADRESSÉ

A MONSIEUR LE PRÉFET DE LA SEINE

PAR

M. LAFAYE

PARIS

TYPOGRAPHIE DE A. POUGIN, 13, QUAI VOLTAIRE

—

1871

MÉMOIRE

AU SUJET DES

VITRAUX ANCIENS

SAINT-SÉVERIN

Lorsque commença le bombardement de Paris par les Prussiens, l'Administration municipale s'empressa de donner des ordres pour que les objets d'art les plus précieux, renfermés dans les différents édifices publics, fussent mis à l'abri de la destruction. On songea, dès lors, aux vitraux de Saint-Séverin, qui furent descendus et déposés en lieu sûr. Cette précaution était doublement justifiée et par la valeur artistique de ces verrières et par l'emplacement exceptionnel de l'église, que l'ennemi prenait pour point de mire et pouvait, à chaque instant, couvrir de mitraille. Fort heureusement, la canonnade n'a pas causé de dégâts sensibles à cette église, même dans sa grosse construction. Après la rentrée des troupes régulières dans Paris, les vitraux, demeurés intacts, ont pu être rétablis à leur place, où ils sont, comme toujours, éclatants de beauté.

Il y a, à Paris, des témoignages de l'art monumental de toutes les époques, depuis l'ère Romaine jusqu'à nos jours. Le soin jaloux qu'on met à en conserver les différents types fait honneur aux esprits qui ont su garder la religion des souvenirs. Saint-Séverin, sous sa modeste apparence, est un modèle de l'architecture du quinzième siècle. Peu connu du public, il offre une des plus précieuses reliques de l'art gothique, et il a bien ce caractère particulier à cette forme, si propre à exprimer le sentiment chrétien. Pour ne parler que des vitraux, ils peuvent être mis au rang des antiquités du Moyen-Age les plus remarquables. Ce n'est plus là, comme on le voit trop souvent ailleurs, une pièce, un fragment, un débris isolé, oublié par les intempéries de l'atmosphère des saisons ou le marteau du vandalisme de 93, mais toute une galerie composée de plus de vingt fenêtres et pouvant former un merveilleux musée d'une centaine de sujets à plusieurs figures, dont la distribution n'a pas été sensiblement modifiée depuis sa création originaire.

En grande partie offertes par la générosité privée, ces verrières, qui composent la collection, ne paraissent pas avoir été le résultat d'un plan unique, ou bien ce plan échappe à notre observation, troublée peut-être par la différence du milieu dans lequel elles ont été conçues et celui où nous vivons aujourd'hui. Aucun lien appréciable n'existe entre elles, quant au choix ou à la disposition des sujets. On y voit : trois saint Pierre, deux Sainte-Trinité, plusieurs saint Jean l'Évangéliste, un meurtre de Thomas Jacques. Il n'en est pas de même pour l'ornementation architecturale :

la niche à pinacle, dans laquelle les figures du saint sont re-
produites sur tous les tableaux, se répète du commencement
à la fin.

La nef compte dix-sept croisées qui sont autant de spécimens de peinture à consulter. Revêtus de coloratiou
brillante, les tableaux se détachent sur des fonds d'architecture blanche, et chacun d'eux ne représente qu'une seule
grande figure, amplement drapée. Leur disposition n'est
nullement réglée sur les traditions de l'Ancien ou du Nouveau Testament. Là se retrouvent les qualités au plus haut
degré exigées pour satisfaire cette sorte de peinture décora-
tive, quant aux grandes ouvertures monumentales, qui, tout
en donnant satisfaction aux beaux effets intérieurs, ne dimi-
nue en rien la beauté des détails, qualités qui s'expriment
davantage à mesure qu'on les examine de plus près. C'est
avec la délicatesse de l'exécutiou, la foi, la conviction naïve
et sincère que respire chaque détail; avec une simplicité ou,
si l'on veut, une grande timidité, que les moyens de procéder des artistes de ces époques arrivaient à produire des
résultats à présent inimitables. On ne peut qu'admirer les
attitudes si vraies, les extases si naïves qu'expriment ces dé-
votes figures de saints inclinées vers la terre ou doucement
tournées vers le Ciel. Quel ravissement on éprouve à la
vue de ces tableaux, supérieurs, par le sentiment de leurs
expressions mystiques, aux plus purs chefs-d'œuvre
de l'école italienne, aux vierges de Raphaël, aux saints moitié païens de Michel-Ange! Tant de sainte poésie dans la
conception, une finesse et une grâce si complète produites
par cette belle exécution, viennent de ce que les préoccupa-
tions du métier étaient étrangères à ces travaux, et que l'ins-

piration, libre, élevée, convaincue, ne se laissait point primer par la science des procédés.

DESCRIPTION DES FENÊTRES

Nous examinerons les croisées en commençant de gauche à droite. Les vitraux des trois premières sont presque entièrement nouveaux, et ce qui est ancien provient des fenêtres de l'abbaye de Saint-Germain-des-Prés, où ils furent remplacés par des verrières nouvelles, exécutées sur les cartons d'Hippolyte Flandrin.

Première fenêtre. — XIVᵉ siècle.

Cette croisée n'a qu'une lancette libre ; la seconde, plus rapprochée de l'orgue, est murée :
Saint Marc.

Deuxième fenêtre. — 2 tableaux.

Saint André.
Un saint évêque.
Dans la rose des flamboyants : anges musiciens.

Troisième fenêtre.

Saint Philippe.

Saint Paul.

Dans la rose des flamboyants : anges musiciens. — Concert céleste.

Avec les fenêtres de la fin du quatorzième siècle commence la série des anciens vitraux ; ils ont tous été rétablis par une restauration de l'auteur ; presque tous les flamboyants sont d'exécution et de composition nouvelles, et ils se composent de trois compartiments, séparés par deux meneaux.

Quatrième fenêtre. — Ascension, XVᵉ siècle. — 3 tableaux.

La lancette du milieu contient entièrement le principal tableau : le Christ en partie disparu dans un nuage ; on ne voit plus que le bas de sa robe, d'où sortent ses deux pieds, qui ont laissé leur empreinte au sommet de la montagne autour de laquelle les apôtres sont rassemblés, la tête et les yeux levés vers le ciel, contemplant, avec des attitudes d'admiration religieuse, la disparition de leur divin maître.

A gauche, le donateur, sous le patronage de saint Pierre, agenouillé devant son prie-dieu, occupe la lancette ; celle de droite diffère peu de cette composition. Là le patron du donateur est saint Jean-Baptiste ; dans les trois lobes des flamboyants figurent : sainte Catherine, sainte Élisabeth et saint Antoine.

Ce qu'on se propose en rétablissant, par la restauration des vitraux, semble dans cette fenêtre répondre assez bien au but de l'administration, qui est la reproduction fidèle du style et du caractère de ces œuvres, de toutes les minutieuses particularités du temps où ces peintures ont été faites, déjà observées précédemment.

Cinquième fenêtre. — La Sainte-Trinité. — 3 tableaux.

Sous une forme très-souvent répétée au quinzième siècle, le Père Éternel tient entre ses genoux le Christ en croix, au-dessus duquel, les ailes étendues, le Saint-Esprit semble les couvrir dans une gloire lumineuse. Dans les deux lancettes de droite et de gauche, un ange de grandeur naturelle, dans chacune d'elles, tient, à peu près par la même composition, un chandelier, à la manière des enfants de chœur assistant le prêtre aux offices de grandes cérémonies les jours de fête. Les flamboyants sont remplis d'anges avec des instruments de musique.

Sixième fenêtre. — Sainte Marie-Madeleine, saint Thomas, Jésus-Christ.

Jésus-Christ sous les traits d'un jardinier. Le vase de parfums, que tient à la main la sainte, établit les individualités historiques des personnages mis en scène ; le saint, en habit de diacre, placé dans la lancette de gauche, reste inconnu ; aucun attribut ne peut mettre sur la voie de ce qu'il représente.

Une remarque du vitrage qui est traité ici se présente : c'est la construction de la maçonnerie des flamboyants ; la forme en fleur de lis a dû coûter à l'exécution des contournements de pierre, — véritables tours de force que ces artisans se plaisaient à entreprendre ; les pétales forment des panneaux dans lesquels sont représentés des anges adorateurs en différentes attitudes.

Septième fenêtre. — Le Christ, saint Sébastien, saint Diacre.

Parfois, lorsqu'elles font partie des obligations d'une mission déterminée, les recherches nécessairement forcées semblent d'abord ennuyeuses. Puis, peu à peu, moitié curiosité, moitié désir de remplir fidèlement et loyalement son devoir d'historiographe, on entre plus avant dans le sujet traité. Bientôt on s'attache, on prend goût à cette étude en découvrant des nouveautés particulières cachées jusqu'alors, des beautés inconnues, inaperçues ; de même que chez le voyageur, à la vue des pays qu'il traverse, l'intérêt grandit à mesure qu'on avance dans l'examen de l'œuvre en travail. Enfin, comme cela s'est produit à propos de Saint-Séverin, et se produit à propos de tous les vitraux anciens, la tâche devient attrayante par les découvertes qui se succèdent sans cesse.

Le moment vient où l'esprit est si plein et si ravi de la supériorité qu'on est forcé de reconnaître dans ces conceptions d'un âge trop ignoré, qu'en se reportant aux productions du présent, il est tout étonné de n'y plus voir, pour ainsi dire, aucun rapport. C'est alors que les connaissances se forment par la comparaison, que les jugements se modifient. Par exemple, quand on porte les yeux sur un tableau des premiers temps, comme, dans le cas qui nous occupe, sur des vitraux du quinzième siècle, habitué que l'on est du dessin né de l'étude de l'anatomie poussée à un très-haut degré par les Grecs et les Italiens, aujourd'hui par les Français, on cherche tout de suite à trouver cette qualité dans les peintures primitives.

Mais si, en effet, il y a ignorance du modelé, dans les figures nues de ces temps comme dans les saint Sébastien, saint Thomas et le Christ lui-même, il ne faut pas s'écrier : « Que c'est mauvais, ces vitraux-là ! » Les qualités ne sont pas de ce côté, mais ces défauts empêchent de les découvrir.

Il est évident que s'il était permis de renverser l'ordre des siècles, et que les artistes ou les amateurs du Moyen-Age, pussent être appelés à examiner et à juger les vitraux et même les œuvres d'art de tout genre de notre temps, ils pousseraient probablement la même exclamation. Peut-être ajouteraient-ils, non sans quelque raison : — Quel contentement d'eux-mêmes ! quelle main-d'œuvre ! comme cela sent le métier !

Revenons à notre septième fenêtre. La composition placée comme nous voyons, au point de vue du monument paraît assez étrange. Chaque lancette ne contient qu'un seul tableau. Les trois figures, au nombre de trois, bien que séparées chacune par un meneau, ne forment qu'un sujet : *le Christ,* au milieu ; *saint Sébastien* à droite, et *saint Thomas* avec le doigt dans la plaie à gauche.

Huitième fenêtre. — Sainte Trinité, sainte Catherine, saint Christophe.

Nous avons déjà vu passer devant nos yeux un sujet pareil ; celui-ci diffère dans sa composition : sur un même trône le *Fils* est assis à côté du *Père,* au-dessus plane le *Saint-Esprit ;* ainsi est remplie la lancette du milieu. Dans celle de droite, saint Christophe porte sur ses épaules l'enfant Jésus, qui, sous la forme d'un petit mendiant, attendait vainement quelqu'un qui voulût le passer de l'autre

côté du torrent aux bords duquel il s'était égaré. Le donateur qui se trouve aux pieds du saint n'offre rien de
particulier. Il porte, comme la plupart des personnages,
dans cette pièce du temps, le costume de l'époque. La
lancette de gauche : sainte Catherine, ornée de ses beaux
accessoires, la roue brisée, l'épée et le livre à la main, comme
nous la retrouvons dans sainte Agnès, le type le plus remarquable de l'art gothique, dans une expression vraiment
majestueuse et chrétienne. Quand on observe avec attention ces œuvres admirables, on est étonné de la timidité,
de la conscience avec laquelle elles sont exécutées, et on
se demande comment, avec des moyens en apparence
insuffisants, l'artiste a pu arriver à produire de tels
effets.

Les parties ogivales ou flamboyantes sont remplies de
nouvelles compositions : des anges à draperies volantes, dé-
ployant des inscriptions et des banderoles.

**Neuvième fenêtre. — Saint Pierre, saint André. — Abside,
un seul meneau, deux lancettes ou deux tableaux.**

On ne trouve pas de sujet principal dans ces fenêtres,
comme dans celles de la nef, où une lancette du milieu disposait cette place à ces tableaux de l'histoire sacrée, mais des
saints patrons avec donateur seulement.

Saint Pierre, tenant à la main les clefs légendaires et vêtu d'un manteau dont les plis retombent sur les épaules
du donateur. Celui-ci est suivi d'une nombreuse famille,
composée de douze enfants, filles et garçons, les premières
rangées derrière la mère et vêtues comme elle de longues
robes rouges du XIV° siècle.

En parcourant notre revue, une remarque essentielle est nécessaire au succès de nos recherches touchant l'origine de ces personnages dévoués à la décoration de l'église. Ici, le premier donateur, dont le portrait figure au tableau de saint Pierre, avait pour prénom Pierre; le second André; les noms de famille étaient naturellement indiqués sur le socle de chaque figure par les armoiries, dont la place était en verre blanc et montrait la forme de l'écu. Malheureusement, ces pièces héraldiques, qui constituaient, dans beaucoup d'édifices religieux, comme une sorte d'état civil pour les vitraux, ont disparu en 1793, sans qu'il en reste autre chose qu'une place vide.

La lancette de gauche, au dixième tableau, est dédiée à saint André. Là le donateur porte, cette fois, l'habit d'une communauté religieuse quelconque. Comme le précédent, sans doute, il a participé à l'offrande de cette verrière; mais il n'est point, comme lui, suivi d'une femme; un groupe d'enfants, appartenant sans doute à la famille, l'accompagne seul. On peut en conjecturer que ce religieux est le frère de celui que l'artiste a peint sous la protection de saint Pierre, puisqu'il se trouve répété avec le même vêtement derrière ce Pierre, chef de la communauté.

Dixième fenêtre. — Saint Jean-Baptiste, saint Michel.

Sur l'une des lancettes, on voit saint Jean-Baptiste un livre à la main, sur lequel est accroupi l'Agneau limbé, près duquel flotte l'oriflamme précurseur; sur l'autre, saint Michel armé d'une épée, la poitrine presque entièrement couverte d'une cuirasse, portant au bras gauche un bouclier de France, aux fleurs de lis d'or sur champ d'azur.

Ces personnages acquièrent de l'importance par leur développement et la grâce de leur attitude ; debout, tournés vers la figure du Christ (placé à côté, au centre du chevet), ils s'inclinent doucement devant lui, semblant intercéder en faveur de leurs protégés, agenouillés, les mains jointes, appelant sur eux la faveur divine que tout chrétien implore pour la vie future. Une bordure, alternativement semée d'une fleur de lis et de mouchetures d'hermine, encadre dans toute la hauteur les deux tableaux,

Onzième fenêtre. — Au centre du chevet. — Le Christ et la Sainte Vierge.

Dans la disposition habituelle des églises, le chœur contient cinq fenêtres, dont la forme s'adapte à la courbe de l'abside. La plus apparente est celle qui frappe le plus la vue du spectateur placé à l'entrée de la porte principale, celle du milieu au-dessus du grand-autel ; le Christ y est représenté tantôt sur la croix, tantôt au moment de la résurrection. Ici, on l'y voit debout, et tenant dans sa main gauche le globe terrestre et de sa main droite bénissant le monde. Dans la lancette de gauche, la Vierge portant l'Enfant-Jésus dans ses bras ; au bas, à genoux, un donateur et sa femme.

Douzième fenêtre. Chevet nord. — Saint Jean l'Évangéliste saint Martin.

De même disposition que les personnages qui précèdent. Le saint tient à la main un calice dans lequel s'agite un petit dragon, emblème de la présence réelle ; en bas, à ses côtés, le donateur agenouillé. Saint Martin remplit la lancette voisine, le bâton pastoral à la main.

Ainsi qu'on l'a déjà fait remarquer, les flamboyants, sans en connaître la cause, avant la restauration étaient en partie détruits ; la plupart ont été rétablis par des compositions inspirées souvent par des restes trouvés que les vitriers avaient provisoirement placés là sans distinction de sujet ni de date. Quand ils remontaient à la fondation des verrières on n'y voyait que des anges adorateurs, du genre de ceux dont les formes et les couleurs peu variées remplissent les ciels des peintures de missels. Pourtant, quelquefois c'étaient des fragments de tableaux qui rappelaient des scènes représentées dans les compartiments du bas de la fenêtre.

Treizième fenêtre. Chevet sud. — Saint Séverin, sainte Geneviève.

Pas une date, pas un nom, dans les vingt et une fenêtres qui composent cette belle galerie, ne vient aider les recherches de l'archéologue ou de l'historien religieux. Toutefois on y retrouve distinctement des attributs acceptés par la légende sacrée, qui facilitent la connaissance du nom de chaque saint. Ici, par exemple, sainte Geneviève : l'artiste a peint la jeune fille de Nanterre, un cierge à la main qu'un diable s'efforce d'éteindre, tandis qu'un ange le rallume chaque fois qu'il parvient avec un soufflet à faire disparaître la flamme. De même, saint Séverin, vêtu de l'habit sacerdotal que portent tant d'autres personnages, pourrait être confondu avec l'un d'eux, si les flamboyants du vitrage ne

reproduisaient point certains traits de l'histoire de sa vie.
Les donateurs, hommes et femmes, placés côte à côte,
accompagnés de leur lignée, expriment bien par leur physio-
nomie et leur attitude cette foi sincère du temps et les
mœurs de ces heureuses époques. L'encadrement de cette
vitre est formé d'une feuille blanche, à revers jaune, roulée
en spirale autour d'une tige sans fin. Il est exécuté avec
la même délicatesse que les précédents. Les flamboyants se
distinguent par un tableau en deux parties, représentant,
d'un côté, un donateur en robe d'universitaire, expliquant à
un jeune écolier le problème à résoudre, et lui indiquant du
doigt le passage difficile ; l'autre, en même costume et de
même attitude, professe, et prête ses soins à l'éducation d'une
jeune fille, qui suit aussi attentivement la leçon du maître.

**Quatorzième fenêtre. — Le Christ en croix, la Vierge,
saint Jean. — Deux meneaux, trois tableaux.**

Par une exception, qu'on observera ici, au reste de l'église,
il y a eu dans cette croisée une légère modification quant
aux procédés employés dans l'application de la peinture,
et qui indiquent bien l'époque où elle a été exécutée.
Ainsi, le tableau représentant saint Joseph et le donateur
placé sous son patronage, est certainement du seizième
siècle. On y voit, en effet, des armoiries émaillées (d'azur
aux macles d'or), qui ne se faisaient pas aux siècles précédents. Pour ce qui est du Christ sur la Croix, il est bien du
temps, ainsi que les Anges qui reçoivent dans des calices
son sang précieux. La lancette de gauche : la Vierge, est
debout, le regard tourné vers son divin fils ; celle de droite :

le disciple bien-aimé, saint Jean, dans la même et doulou-
reuse contemplation.

Quinzième fenêtre. — Deux meneaux, trois tableaux. — Saint Pierre, saint Paul, saint André.

Il y aurait à faire, au sujet de la restauration de ces peintures, des remarques qui entraveraient le cours de cette
étude; elles seront placées ailleurs. Les Saints exposés
dans les trois lancettes, sous le donateur, sont recon-
naissables par les attributs qui les accompagnent : les clefs
traditionnelles, le glaive, objets du martyre du soldat
romain converti sur la route de Damas, et la croix en X,
qui porte le nom de celui qui a eu la gloire d'y être cru-
cifié. Ces trois saints personnages ont déjà été cités en différentes croisées.

Seizième fenêtre. — Deux meneaux, trois tableaux. — Sainte Agnès, saint Jacques, saint Antoine.

Placée au centre de la vitre, sainte Agnès attire l'attention du spectateur, quelle que soit la distance du point de
l'église où il la contemple. Quand on a eu l'heureuse fortune
de voir de près cette composition, et d'en tracer les contours
en la calquant sur les traits du verre, on peut affirmer que
le rapprochement ne fait que mieux ressortir la perfection
du travail; on ne peut mieux comparer l'expression de
sa figure qu'aux têtes de femme de Léonard de Vinci, d'une
facture à la fois si délicate et si hardie. Comment n'admire-
rait-on pas ces œuvres dont le type ne s'inspire d'aucune
école? Elles méritent d'être prisées avec d'autant plus d'ad-

miration, que ces belles et ignorées productions de l'esprit ne devant rien à personne, prennent leur source dans un vif sentiment de la nature et dans une foi plus vive encore.

Dix-septième fenêtre. — Deux meneaux, trois tableaux. — Non restaurée.

Saint Simon, tenant une scie ; saint Barthélemy, un couteau à la main, instruments de leur supplice ; et saint Antoine, auprès duquel on aperçoit à demi son compagnon de solitude.

Dix-huitième fenêtre. — Deux meneaux, trois tableaux. — Pas restaurée.

Thomas de Cantorbéry, célébrant la sainte messe, assisté de son clerc, est frappé sur les marches de l'autel par des soldats assassins, envoyés par le roi d'Angleterre pour accomplir ce meurtre.

Dix-neuvième fenêtre. — Un meneau, deux tableaux.

Les trois dernières fenêtres font le pendant des trois premières et proviennent de la même source : l'abside de Saint-Germain-des-Prés. Saint inconnu, dans la première lancette ainsi que dans la deuxième. Dans la rose des flamboyants : des anges musiciens.

Vingtième fenêtre. — Un meneau, deux tableaux.

De même provenance que celle qui précède, et de même forme. Saint Luc ; saint inconnu ; dans la rose : concert d'anges.

Vingt-et-unième fenêtre. — Un meneau, deux lancettes dont une aveugle.

Comme la première fenêtre qui lui fait face, de l'autre côté de l'orgue, au sud, celle-ci n'a qu'une lancette : saint Jean ; dans la rose, concert d'anges.

Vingt-deuxième fenêtre. — Rosace du portail. — Arbre de Jessé. — Non restaurée.

Ainsi que la remarque en a été faite aux nᵒˢ 1, 2 et 3 de cette revue, les trois dernières fenêtres 19, 20 et 21 n'appartenaient pas à l'église. En 1859, on avait retiré des panneaux anciens du quatorzième siècle, dans un très-mauvais état, placés dans le chœur de Saint-Germain-des-Prés, afin de mettre en harmonie l'ensemble de la décoration qui existe aujourd'hui ; ils furent remplacés par ceux qu'on y voit d'après les cartons d'Hippolyte Flandrin. La ville, par l'entremise de M. Baltard, chargea l'auteur de cette note d'étudier le moyen de les utiliser dans les baies alors vides, de construction plus rapprochée de nous, et n'ayant pas le caractère de celles de la galerie qui vient d'être décrite. Leur nombre restreint, leurs formes, pour chacune des lancettes à remplir, pouvaient tout au plus couvrir un tiers des vides et auraient formé une bande incomplète au milieu, du haut en bas, en laissant une largeur égale de chaque côté en blanc : il a donc fallu compléter ces deux tiers restants, en y comprenant une bordure. Il serait oiseux d'arrêter l'attention sur les difficultés de ce travail d'enchevêtrement des peintures originales que l'artiste désira conserver avec les lignes de raccordement et exécuter fraîchement et sans faire tache par le rapprochement. Quant à la réussite, on peut difficilement voir où commence le nouveau et où finit l'ancien.

Ce n'est pas tout : quand ces vitraux eurent été placés, l'architecte directeur trouvant, avec raison, les figures trop maigres à côté des anciennes, engagea le verrier à augmenter la proportion des personnages. Des cartons nouveaux furent recomposés, les sujets agrandis, et les tableaux copiés et complétement remis à neuf. En résumé, c'est à peine s'il reste çà et là quelques panneaux anciens, dans l'architecture, qui ont pu trouver place, noyés dans le travail nouvellement exécuté.

SAINT-MERRY

Au commencement du seizième siècle, l'église de Saint-Méderic ou Saint-Merry était un monument qui rivalisait avec Saint-Séverin pour la pureté du style gothique; ce n'est que vers la fin du dix-septième siècle, comme beaucoup d'autres, qu'elle a été, pour ainsi dire, profanée par cet engouement imité des Grecs et des Romains, et mal entendu, engouement qui lui a fait perdre sa pureté héritée du Moyen-Age.

En partie, toutes les églises, à cette date, étaient décorées de vitraux; d'ailleurs la disposition et la multiplication des ouvertures dans la construction du monument étaient consacrées à cette fin; l'architecte y disposait tout dans cette prévision. Il faut que nos yeux soient bien habitués ou désordonnés pour respecter, avec cette tranquillité d'esprit, ces lambeaux informes de tapisseries transparentes dans tous les édifices religieux : ici une fenêtre est garnie entièrement, une autre à moitié, la troisième blesse la vue par une lumière insupportable de vitres blanches; ainsi de suite. Parmi la plupart des verrières incomplètes de Saint-Merry, il s'en trouve de fort remarquables, et offrant un grand intérêt, à cause de leur style unique à Paris.

Il s'est passé là des faits bien honorables en faveur des employés de cette église, qui ont risqué d'être tués le 24 mai dernier, pour empêcher l'incendie : ils ont lutté corps à corps avec les insurgés. D'autres pourront en donner plus de détails ; mais c'est peut-être grâce à eux que, quoique au centre de la révolte, ce pieux monument, en particulier les vitraux, ont peu souffert dans cette effroyable bagarre.

Voici, à ce sujet, un état des travaux de réparation faits et de ceux qui restent à faire.

Dès l'année 1848, on commença la restauration d'une des fenêtres du chœur, située au midi, et représentant une scène tirée des *Actes des Apôtres* : la mort d'Ananie. Ensuite vint la remise en état des trois fenêtres du nord, dont les sujets de la décoration sont empruntés à l'histoire de *Joseph vendu par ses frères*. Plus récemment encore, on donna suite au rétablissement des trois autres fenêtres du nord, qui faisaient partie de l'interprétation des *Actes des Apôtres*, y compris la croisée en retour du transept. Enfin, dans la chapelle de la Vierge (abside), derrière l'autel, des fenêtres géminées remplies de petits sujets en médaillons et quelquefois sans forme déterminée, placés là provisoirement par les vitriers, attendaient d'être organisées comme cela a eu lieu, en composant une série assez régulière, qui, en les groupant dans un cadre, fait un ensemble décoratif et régulier.

Soit, en tout, neuf grandes fenêtres, qui sont, à l'heure qu'il est, dans un parfait état de solidité, et dont l'aspect se

retrouve tel qu'il devait être à l'époque où les artistes chargés de cette œuvre les livrèrent aux autorités de la paroisse.

DES VITRAUX A RÉPARER.

Si nous portons maintenant notre attention sur les
anciens restes de vitraux à réparer dans la nef, dont le rétablissement est appelé à compléter l'ornementation des
fenêtres de l'église, nous en trouvons huit.

Tous dans la nef : quatre au nord, quatre au sud.

C'est en vain qu'on cherche le rapport qui peut exister
entre l'état actuel de ces huit grandes croisées et leurs dispositions primitives. Alors qu'il ne manque pas un seul panneau dans les compartiments de la partie ogivale, malgré la
variété des formes et les sujets traités, il ne reste que deux
des huit tableaux qui devaient, dans chaque fenêtre, remplir
les vides qui se voient aujourd'hui.

Il y a donc à rétablir là six tableaux par verrière, pour
qu'elles soient dans l'état de leur composition antérieure.

On devra restaurer dans le transept deux fenêtres pour
compléter la série de l'histoire de Joseph dont il a été déjà
parlé, ainsi que les deux roses des bras de croix. Ce dernier
travail deviendra important par la faible quantité de peintures à conserver : à peine reste-t-il quelques têtes d'anges
dans les panneaux à rayons et dans les chapelles latérales.
Trois vitraux au nord : encore ici, on ne trouve de trace
d'images que dans les flamboyants, rien dans le corps de
la fenêtre ; mais ce qui reste suffit à mettre sur la voie l'artiste qui serait chargé de rétablir l'œuvre des époques où
elles ont été créées.

DESCRIPTION HISTORIQUE

INTERPRÉTATION

La disparition de tant de vitraux, ici et ailleurs, doit-elle être attribuée à des causes accidentelles, à des violences, à la résolution systématique de quelques sectaires, ennemis des images, aux iconoclastes? Nullement.

On trouve bien, il est vrai, dans les annales de la première révolution les traces d'une décision de ce genre. C'est, en date du 16 floréal an XI, un ordre du citoyen Lefebvre, portant suppression des signes rappelant la féodalité qui existent sur les vitraux de la « ci-devant église de Saint-Merry, devenue temple de la Raison ».

Mais déjà le mal était fait en partie. Qui a détruit cette galerie tout entière, méthodiquement dégarnie aujourd'hui? MM. les ecclésiastiques eux-mêmes, poussés par les novateurs, architectes empiriques, dont cette pauvre église a eu, comme tant d'autres, à subir les fantaisies aux époques qu'elle a traversées, et influencés par les imaginations intéressées de quelques inventeurs, toujours prêts à substituer aux autorités respectées leur propre prétention, appuyés d'ailleurs par des approbations obtenues par surprise. D'où possibilité d'appauvrir et de mutiler souvent des monuments dont l'admiration a été consacrée par les siècles.

A l'aide des mots «bon goût, amélioration, style, progrès».

des audacieux favorisés parviennent vite à détruire les œuvres des temps les plus reculés, à les faire descendre au niveau de ces images d'impression faites à la mécanique. Ils dégradent ces œuvres qu'ils n'ont jamais étudiées ni comprises, et qu'ils ne peuvent reproduire. L'église de Saint-Merry est un des plus intéressants témoignages de ces tristes travaux substitués, par l'ignorance d'un jour, aux saines traditions artistiques que nos pères avaient toujours vénérées.

Si les frères Stolz, Italiens d'origine, s'étaient contentés de revêtir de stuc la partie inférieure des fenêtres du chœur, en respectant à la fois et les peintures des artistes verriers et la forme même de la grosse construction, ils auraient pu, sinon se faire pardonner, mais excuser leur entreprise. Pour briller seuls et donner plus de relief au travail qu'ils ont laissé, ils ont élevé leur placage en coupant, au tiers du bas de la fenêtre, un tableau tout entier, que l'auteur de la restauration a retrouvé, il y a peu d'années encore, existant derrière la maçonnerie qui le masquait. Les tableaux ont été utilisés en complément de ceux qui ont été rapportés au transept du sud.

On comprend qu'avec les idées qui dominaient à cette époque, et ce détestable faux goût qui déclarait la guerre aux plus admirables souvenirs du Moyen-Age, on ait fait bon marché des vitraux dits gothiques, mot dont on se servait alors pour détruire, comme aujourd'hui on use, par le même motif, de celui de « classique », afin d'en pouvoir justifier la première révolution. Mais on voit que le mal remonte plus haut, puisque Leviel disait, en 1742 :

« Ce qui s'est pratiqué depuis quelques années dans

« l'église paroissiale de Saint-Merry, est un de ces dommages
« occasionnés par le goût de ce siècle, ennemi de la pein-
« ture sur verre. Malgré les retouchements qu'on a faits dans
« cette église d'une partie de ces belles vitres peintes,
« vitres dans lesquelles les plus habiles peintres sur verre
« des xvi° et xvii° siècles, les du Paroi, les Chaune, les
« Steron, les Nogare avaient concurremment représenté
« les sujets, que de beautés! de morceaux d'histoire de la
« plus heureuse exécution! Au lieu de leur substituer, en les
« estropiant un peu, des vitres blanches toutes nues, entre
« des pans de vitres peintes, en coupant les tableaux par le
« milieu de toute la hauteur d'un tiers, on aurait pu don-
« ner à cette église un jour aussi étendu, etc. »

C'est donc en vue de donner du jour à l'intérieur que
ces belles peintures ont été mutilées avec un si grand sans-
façon? Pourquoi, s'il vous plaît, et en vertu de quel ordre ?
Combien sont légères et inexplicables les fantaisies de la
mode régnante !

Au surplus, qu'on pèse la valeur du prétexte que
donnent MM. les marguilliers puissants pour justifier de
tels actes; ils ne présentent pas l'ombre de vérité et de prévoyance, puisque les vitres blanches, dans ces larges va-
sistas, substituées aux vitraux, ont dû, à la demande des
ecclésiastiques desservants d'aujourd'hui et des paroissiens,
incommodés de cette lumière, être barbouillées de peintures
à l'huile ou voilées de vilains rideaux, placés là pour atténuer,
dans la mesure du possible, l'éclat insupportable des rayons
du soleil.

Sᵗ-GERMAIN-L'AUXERROIS

Bien que Saint-Germain-l'Auxerrois soit l'église paroissiale du Louvre et des Tuileries, ce privilége ne lui a point
valu de faveurs exceptionnelles. Et pourtant il possède, en
dehors de sa destination souveraine et aristocratique, le
mérite autrement stable d'offrir un des plus anciens et,
sans contredit, des plus remarquables monuments de l'ère
gothique à Paris. En effet, l'église tout entière est fort
belle ; son porche, restauré, peut être considéré comme
une petite merveille de l'architecture du treizième siècle.

Par un hasard presque miraculeux, auquel la rapidité
des opérations de l'armée libératrice n'a pas peu contribué,
Saint-Germain-l'Auxerrois a, comme d'autres églises,
échappé à la destruction qui lui était sans doute réservée.
C'est encore un fait digne de remarque que l'impiété des
sectaires de la Commune, qui s'est si cruellement exercée
contre les représentants vivants du culte catholique, n'ait
pu atteindre les temples qui symbolisent ce culte parmi
nous.

Dans le monument dont nous nous occupons, malgré sa proximité du théâtre de la lutte et le voisinage de plusieurs foyers d'incendie, pas une seule vitre n'a été brisée, rien de ce qui se rattache à l'ornementation de l'église n'a été ni enlevé ni détruit. C'eût été une bien grande perte, notamment en ce qui concerne les verrières du transept, car l'administration de la ville a fait, avec la plus louable libéralité, des sacrifices considérables pour la réparation des beaux vitraux qui le décorent.

Sur six de ces belles peintures, cinq ont été remises dans l'état où elles sont aujourd'hui; chacune d'elles a une réelle importance, tant par le caractère propre à l'époque que par l'originalité des compositions, la coloration et l'esprit particulier du dessin, représentant, par exemple, des scènes du Nouveau-Testament : la *Passion de Jésus-Christ,* en costume allemand du seizième siècle. Toutes sont dignes de captiver, à des degrés différents, l'attention du savant et de l'artiste. Nous croyons, par cela même, intéressant d'en donner une description détaillée, malgré la conviction de ne pas rendre par écrit l'impression que produirait la vue de ces chefs-d'œuvre.

DESCRIPTION DES TABLEAUX

**Première fenêtre du transept. Nord. Près du Chœur. —
La Passion.**

Par elle ont commencé les travaux de restauration
examinés par MM. les membres de l'Institut en 1864,
formant une commission chargée de faire un rapport
à M. le ministre sur les travaux de l'auteur (voir le Rapport). La disposition des tableaux est divisée en deux parties
au nombre de huit, dont le premier commence par *Jésus
au jardin des Oliviers* et finit par la *Mère au Tombeau.* Les
artistes sincères du temps ont utilisé la disposition des lobes
pour encadrer dans les flamboyants des scènes de l'Ancien
Testament, des prophètes portant des banderoles à inscriptions empruntées à des auteurs, ayant quelque analogie avec
certains sujets du bas, ou des prophéties les annonçant.

**Deuxième fenêtre du même côté, près de la rosace. —
Deuxième partie de la Passion.**

Même disposition des tableaux en deux parties : la baie
étant plus large, il y a une lancette de plus ; au lieu de huit
sujets, c'est dix qu'elle contient, représentant la *Première
partie de la Passion.* En commençant à gauche et suivant à
droite, le premier montre la sainte Cène, et dans tous on ne

voit aucune représentation dramatique ; ce n'est que renvoi de Jésus-Christ de Caïphe à Pilate, de celui-ci au Grand-Prêtre ; la Trahison de Judas, etc. Quoique l'exécution n'en soit pas due aux mêmes artistes que les premières, et que les détails des compositions, le pittoresque des costumes et l'expression des mouvements sur les figures demi-nature diffèrent essentiellement, ce vitrage produit un effet très-satisfaisant dans son aspect général.

Troisième fenêtre, faisant face à la précédente. — Les Miracles de Jésus-Christ.

Exposée à l'ouest, il peut se faire que l'altération de la couleur noire qui forme les traits et les ombres, par suite d'une vitrification insuffisante en cette position, produisait, avant d'être restaurée, une telle confusion qu'il était impossible d'y rien reconnaître. Le fait a été constaté par maintes personnes compétentes et entre autres par M. P., architecte des Beaux-Arts, chargé par l'administration de la ville de la surveillance des travaux d'entretien. Les flamboyants contiennent des sujets assez peu connus ; des Bohémiens exercent de ces états qui n'ont guère changé depuis ces temps reculés ; hommes et femmes se servent d'instruments de musique, curieux par leur forme, qui offre un certain intérêt, ainsi que leur accoutrement.

Quatrième fenêtre, près de la nef. — Sujet légendaire inconnu.

Nous commencerons cette inspection, contrairement à ce qui a eu lieu jusqu'à présent, par les tables placées dans la partie ogivale des flamboyants. On voit, dans les cadres

de pierre, des demi-figures choisies parmi les saints mar-
tyrs, tout à fait perdues à cette distance si élevée. C'est une
véritable privation pour les amateurs, car ces figures, d'une
composition parfaite, d'un dessin exquis, sont accompagnées
d'attributs qui les font reconnaître facilement dans plusieurs;
le nom même est parfois inscrit en latin sur l'auréole dont
leur tête est couronnée.

L'intérêt devient plus intense à mesure qu'on examine
plus attentivement cette fenêtre, bien qu'il n'y ait aucune
suite dans les images qui la composent, et que l'ordonna-
teur les ait placées çà et là, du haut en bas. L'ordre manque
dans ces histoires, sans doute rapportées où elles sont par
les transformations si communes chez nous. Mais il y a là
des pièces d'une telle puissance et d'une telle fécondité de
conception, qu'à leur aspect l'esprit se laisse aisément en-
traîner jusqu'à l'admiration !

Considérons maintenant, dans ses détails, chacun des tableaux du vitrage principal. En partant de la première travée de gauche, nous y découvrons :

1. Un groupe de matelots précipitant à la mer un homme
nu au cou duquel ils ont attaché une meule de moulin.

2. A côté, un personnage également nu, et qui pourrait
bien être le héros du premier tableau, est étendu mort sur
le sol, au milieu d'oiseaux de proie et d'animaux carnassiers
qui regardent sans y toucher cette victime abandonnée à
leur convoitise. Du côté opposé à ce cadavre, au milieu des
bêtes féroces, sont survenus plusieurs individus de conditions
diverses, en costume du temps (quinzième siècle). Leur phy-
sionomie peint l'étonnement qu'ils éprouvent à la vue du

spectacle dont ils sont témoins. Cette peinture, traitée en maître, particulièrement le côté où cette foule contemple l'homme couché par terre, est digne en tout point des premiers artistes de cette époque, si admirés des connaisseurs.

3. Un évêque, assis dans une sorte de chaire, évangélise la foule qui l'entoure, foule composée de gens de toutes classes, réunis sur une place publique; la populace et les soldats irrités s'emportent par des excès de furie, jusqu'à déchirer ses vêtements pontificaux.

4. La scène voisine expose à la vue un bourreau, qui, le bras armé d'un long glaive, le lève, et semble prêt à décapiter un prélat agenouillé, joignant les mains, le cou tendu, attendant le fer qui va le frapper. A gauche du même tableau, un personnage, vêtu d'une longue robe damassée, paraît ordonner ce meurtre en montrant du doigt la victime. Deux têtes séparées de leur corps gisent à terre, indiquant qu'au même endroit d'autres martyres viennent de précéder cet acte de cruauté. Ici, on se demande de nouveau si ces deux tableaux ne se tiennent point, si, ce qui nous paraît vraisemblable, l'évêque, représenté dans ses fonctions d'apôtre, n'est pas le même au supplice duquel l'artiste nous fait assister.

5. S'éloignant beaucoup des conceptions dont s'inspirent habituellement les peintres sur verre, par le sujet qu'elle traduit, cette pièce n'en demeure pas moins un des plus consciencieux morceaux de cette riche collection. Au lieu de se torturer l'esprit à chercher, sous la poussière de vieux parchemins, d'informes miniatures, comme les auteurs qui s'occupent de l'état civil, afin d'en recomposer un ensemble

historique, combien on serait heureux de rencontrer de temps
à autre, au milieu des images exclusivement religieuses, répétées partout et constamment, quelques-unes de ces pages
originales qui retracent si fidèlement des détails de mœurs
incomplétement reproduits, et souvent même entièrement
obscurs!

Sur le devant du tableau, un appareilleur, la règle et le
compas à la main, trace, pour la coupe d'une pierre, les
lignes que doit suivre le praticien afin d'en faire une base
de colonne. L'artisan suit des yeux avec une respectueuse
attention le tracé du maître, tandis que, près de lui, un ma-
nœuvre prépare dans une auge le mortier, qu'il agite avec
une truelle; sur le second plan, un couvreur, monté sur la
toiture, enfonce à coups de marteau le clou qui doit fixer
l'ardoise sur la volige disposée à cet effet; au bas d'une
grande échelle appuyée contre la maison en construction,
de style gothique, un aide du plombier se prépare, chargé
de matériaux, à les porter au haut du bâtiment. Enfin,
tous ces ouvriers, occupés à leurs attributions respectives,
donnent le cachet de la couleur locale à ce tableau de mœurs
du quatorzième siècle.

6. Dans un lit à draperies rouges, une femme étendue,
malade, ou plutôt morte; au-dessus de sa tête, limbée de
l'auréole sainte, on remarque de petits anges que les artistes
ont placés là comme emblème de la séparation de l'âme et du
corps; ces figures transportent au ciel, en la soutenant par les
bras, l'âme de la défunte, qui doit recevoir les bienfaits de
sa belle conduite sur la terre.

7. Au-dessous de cette sainte mourante, et dans la même

lancette, un saint Pierre, également disproportionné et plus grand que les sujets expliqués ci-dessus. Ils semblent avoir été l'un et l'autre rapportés pour combler des lacunes occasionnées par quelques circonstances encore inconnues; de là leur air d'intrus, qui jure dans l'ensemble assez régulier de la décoration.

En résumé, cette verrière pourrait être placée dans un musée; elle offrirait aux regards surpris de nos contemporains, si étrangers aux beautés de la peinture sur verre des époques antérieures, un brillant échantillon de ce que produisait jadis cet art aujourd'hui trop délaissé, trop dédaigné.

Ajoutons que les quatre grandes et remarquables fenêtres qui viennent d'être passées en revue décorent entièrement le bras de croix du nord de l'église, et doivent être signalées à l'attention et du public et de l'administration, au point de vue des résultats obtenus jusqu'ici par le travail de restauration des vitraux anciens. Il a déjà été dit qu'elles ont été examinées officiellement par une commission de l'Institut; que cette dernière a reconnu la fidélité dans la restitution des pièces manquantes, peintes et vitrifiées à l'aide des mêmes procédés et des mêmes éléments qui constituent la nature des anciennes vitres, sans que l'original en soit en rien altéré, puisqu'il n'y est nullement touché. Qu'on le remarque bien : ce qui peut inspirer la plus entière confiance, c'est que cette restauration, n'ajoutant aux tableaux absolument rien, remplace seulement les verres peints qui manquent, et les morceaux en blanc ou tout à fait étrangers au sujet du maître ancien. On peut, en fin de compte, les considérer, après le travail, avec l'ouverture entièrement remise en plomb, dans l'état de solidité où ils se trouvaient lorsqu'ils sont sortis des mains des artistes et ouvriers primitifs, pour être placés dans l'église.

Cinquième fenêtre. — Assomption de la Vierge. Transept sud.

Si les émotions qui ont agité l'auteur pendant le travail de cette restauration pouvaient en augmenter la valeur, le prix en serait au delà de toute expression. Autorisée avant la déclaration de la guerre ; retardée dans son déplacement par l'impossibilité de trouver des ouvriers, et transportée à l'atelier par ceux-ci en gardes nationaux ; arrêtée par le découragement du spectacle qui paralysait l'esprit ; reprise, puis abandonnée de nouveau, à la vue des malheurs sans nom qui se succédaient, elle fut terminée quand l'Hôtel-de-Ville n'existait plus.

Sous l'influence d'idées qui régnaient alors, le ou les artistes ont procédé, pour comprendre la manière de rendre, d'une tout autre façon que ceux de leurs confrères des siècles précédents, dont nous avons énuméré les œuvres décrites au côté opposé, au nord. Au lieu de multiplier dans la même baie plusieurs tableaux séparés par des compartiments, ils ont consacré toute l'ouverture à une seule composition qni embrasse l'espace compris depuis le bas jusqu'à la naissance des panneaux de l'ogive. La Vierge, entourée d'anges, s'élève dans les nues, au-dessus du tombeau qu'environnent les apôtres, les yeux fixés sur le prodige dont ils sont témoins. Le développement accordé au sujet a permis de peindre les figures de grandeur naturelle dans le style de la Renaissance. C'est la tournure des anges à draperies volantes, l'assurance des poses et la hardiesse des procédés

d'exécution ; enfin toute la science facile a remplacé la naï-
veté des premiers temps. Cette peinture date, en effet, du dix-
septième siècle.

A l'appui des remarques qui ont été faites au sujet des
vitraux exposés au nord, il est peut-être nécessaire de les
comparer, avec cette dernière, à la grande composition de
l'*Incrédulité de saint Thomas*, en contact immédiat ; son
développement, comme celui de l'Assomption, contient
la totalité de l'ouverture, et elle n'est pas réparée. On pourra
ainsi se rendre compte de ce que sont ces peintures avant
la restauration : le dessin interrompu, embrouillé, les
accessoires difficiles à comprendre et à saisir. Et pourtant
il suffirait de la remettre en ordre pour lui rendre toute la
clarté de ses lignes ; l'ordonnance grandiose de cette page
rappelle seule aux connaisseurs qu'ils ont devant les yeux
une production de ces temps fertiles en chefs-d'œuvre.

A Saint-Germain-l'Auxerrois, comme dans presque toutes
les églises du Moyen-Age, on peut, à l'inspection des vitraux, constater que la paroisse les doit à la dévotion géné-
reuse des familles appartenant à la noblesse, à la riche
bourgeoisie, quelquefois à des corporations ; à chaque lancette on retrouve, dans le socle, des armoiries entourées
d'une couronne verte qui a été rétablie.

SAINT-GERVAIS

(X V I^e SIÈCLE)

En juin 1848, les détonations d'une batterie pointée contre les insurgés de la rue Saint-Antoine, et placée au-dessous de la fenêtre des fonts baptismaux, brisèrent la partie du vitrail de cette chapelle qui représente le baptême du Christ. Plus heureuse en 1871, cette fois, malgré son emplacement qui lui faisait coudoyer pour ainsi dire le brasier de l'Hôtel-de-Ville, au centre des feux de mousqueterie, l'église n'a pas éprouvé de dégâts sensibles et a pu conserver intactes, au bout de vingt ans de restauration, les vitres dont la première insurrection socialiste avait causé la perte partielle.

A l'origine, Saint-Gervais-en-Grève était aussi complètement décoré de peintures vitrifiées, signées des noms justement célèbres alors : des Jean Cousin, des Pinaigrier, etc. Leviel donne tous ces noms dans son Histoire de la Peinture sur verre, et les sujets que ces artistes avaient représentés. L'abandon déplorable dans lequel on les a trouvées a fait disparaître les plus remarquables. Il faut toutefois rendre justice à l'administration de notre temps : depuis qu'elle est

chargée, dans son patrimoine, des églises rendues à sa
charge, la conservation de ce qui nous reste lui est due ; il
faut ajouter que les dépenses faites dans le louable but de
les améliorer sont relativement considérables, plus certainement que n'aurait pu le faire le clergé, si cet entretien était
resté dans ses attributions.

La nef est éclairée par huit grandes ouvertures, à savoir
quatre au nord et quatre au sud. Celles du nord sont termi-
nées dans leur réparation depuis quelques années. Deux des
quatre du midi ne possèdent pas, à proprement parler, de
tableaux complets, mais seulement des fragments posés là
provisoirement, plutôt pour atténuer la crudité de la
lumière que pour ajouter à l'ornement de l'église, et dont
l'ensemble enfin ne laisse presque rien distinguer.

Voici maintenant la nomenclature des verrières placées
au nord.

Première fenêtre. — Donatrice. Baptême.

A côté, et touchant au grand orgue. Elle se développe
comme une grande tapisserie divisée par le milieu, et contient
deux tableaux, dont l'un (celui du haut) expose aux regards
le Baptême de l'intendant de... par Saint-Paul. Le premier
plan de la scène est occupé par les condisciples du principal
personnage ; des soldats et des citoyens romains complètent
l'autre partie.

Plus intéressante est la partie inférieure, à cause de la
figure qui nous rappelle un temps plus rapproché, plus in-
time, et, pour ainsi dire, à nos études de famille : une
belle femme, habillée d'une longue robe noire, du temps

de Louis XIII, les mains jointes, agenouillée sur le coussin
de son prie-Dieu, assez spacieux pour servir d'asile à une
Vierge, vers laquelle son regard est porté pendant son extase.
On doit sans doute à cette *donatrice* la vitre sur laquelle
elle s'est fait peindre. Ce vitrail ne laisse pas, en dehors du
mérite que nous signalions tout à l'heure, d'avoir une grande
valeur artistique : la collerette, longue, droite et empesée,
encadre sa belle tête presque aussi blanche, posée, rêveuse ;
le corsage travaillé de sa robe moirée, qui se voit à tra-
vers la guipure ; la figure et les mains, enfin les chairs, res-
sortent admirablement, avec cette richesse que Rubens sa-
vait si bien rendre ; tout entière, cette statue transparente
se détache parfaitement sur un fond de boiserie sombre.

Deuxième fenêtre. — Saint Louis. Blancs-Manteaux.

Par les variations qu'apporte naturellement et à chaque
instant la faveur des anciennes formes de reproduire, à certaines époques, dans les productions de l'art restauré, on
reconnaît l'influence qui dominait lorsqu'elles ont été exécutées. C'est ainsi que le vitrail dont nous nous occupons
reflète la puissance monacale sous laquelle on vivait au
dix-septième siècle.

Comme la précédente, la verrière en question contient des
tableaux séparés par le milieu dans leur longueur, mais les
motifs de ces deux compositions différentes se rattachent à
une seule et même pensée.

On a probablement imposé à l'auteur le thème de la
*Donation de l'abbaye de Poissy aux frères des Blancs-
Manteaux par le roi saint Louis*, avant son départ pour la

Terre-Sainte. Le tableau inférieur nous montre : au milieu
d'un paysage des environs de Poissy, le pieux Louis IX,
présentant aux moines assemblés une charte, qui renferme
sans doute l'acte de donation. La partie supérieure représente les flots de la mer agitée, sur lesquels une barque, en
lutte avec la tempête, est sur le point de se briser contre les
roches voisines. Le royal pèlerin est dans cette embarcation,
il implore le Ciel par ses prières, ainsi que ses compagnons ;
tous adressent à Dieu leurs supplications. Au pied du rocher
du premier plan, les Blancs-Manteaux, pieds nus, précédés
de leur abbé, crosse en main, mitre en tête, chantent
des hymnes, et demandent au Ciel la conservation du saint
et généreux croisé, du prince magnifique dont la vie est en
danger.

Avant que cette fenêtre ne fût restaurée, on avait encore
connaissance de ce que pouvait être le motif, à cette place
où on le voit figurer aujourd'hui ; le saint Louis avait été
remplacé par des panneaux de verre blanc, ainsi que l'abbé
supérieur mitré ; descendu par ordre des révolutionnaires de
93, sa place était restée vide. Il serait difficile d'indiquer
par écrit comment on a pu découvrir les raisons, justifiées
par l'histoire de cette particularité intéressante, sans accom-
pagner la démonstration d'un dessin qui prouvait la parfaite
exactitude de cette interprétation.

Troisième fenêtre. — Jésus parmi les docteurs de la loi.

Tableau à figures colossales remplissant toute la fenêtre,
d'une seule composition. Sans le moindre doute, l'auteur,
en adoptant cette disposition de peinture à fresque, suivait

le courant qui entraînait les esprits vers les tableaux à l'huile, au détriment des vitraux, pour lesquels l'indifférence commençait à se prononcer. Les admirateurs, religieux ou laïques, qui voulaient que les artistes réalisassent sous toutes les formes le genre de peinture sur toile, ne se doutaient pas qu'en forçant la nature des choses, on ne tire pas d'un corps transparent des effets qu'on ne peut obtenir que sur des éléments opaques; tels sont, par exemple, le modelé, la perspective, le clair-obscur, que le verre ne pourra jamais obtenir d'une manière satisfaisante avec des tirements, qui coupent, divisent et font concurrence, par la brutalité de leur existence même, à toutes les subtilités que l'artiste apporterait dans ses moyens de produire des illusions. Sans se rendre compte de ces tours de force, le public ne peut se familiariser à ces productions, doute, passe, et abandonne l'œuvre pour laquelle il n'éprouve aucun plaisir. Sans doute, l'ordonnance de l'architecture et toutes les autres dispositions des figures résument la peinture d'histoire dans cette grande machine de Jésus parmi les docteurs de la loi, mais elles sont peu favorables à la décoration primitive du vitrail, tel que le présentaient les verriers des siècles précédents, avec moins de prétention que ceux-ci.

Quatrième fenêtre. — Jésus lave les pieds des Apôtres.

Il est à présumer que cette peinture est du même auteur que la précédente; comme elle, ce tableau remplit toute la dimension de la baie. Il a, de plus, les mêmes qualités et les mêmes prétentions de style que cette page gigantesque.

En résumé, l'effet décoratif de ces quatre fenêtres ne

satisfait pas l'œil sous le rapport de la coloration; on doit l'attribuer à deux causes remarquables, que nous nous permettrons de mentionner ici dans l'intérêt de l'art, afin qu'il puisse en être tenu compte dans l'avenir.

C'est, d'abord, ce qui a été dit précédemment du vitrail de Jésus parmi les docteurs, de l'imitation malheureuse de la peinture à l'huile, qui impose des tons uniformes par des intérieurs, afin d'obtenir des trompe-l'œil pour les difficultés inhérentes à l'observation de la perspective aérienne, et empêche les moyens du si riche contraste des couleurs.

Le second motif tient à l'emplacement même de ces malheureuses peintures exposées aux rayons dévorants du midi, en face des croisées en verre blanc. Cette position ne permet pas, à certaines heures, de retrouver la moindre transparence, parce qu'au lieu de donner de la lumière elles la reçoivent; elles jouent alors le rôle d'une plaque de tôle ou d'une immense ardoise parfaitement opaque. On aurait dû, pour éviter ce déplorable inconvénient, n'entreprendre la réparation qu'après la clôture des fenêtres du sud par le rétablisssement de vitraux nouveaux, pour atténuer cette trop grande et éblouissante lumière : on aurait ainsi conservé tout l'effet de ce travail, anéanti par ce jour dévorant.

Cinquième fenêtre. — Baptême de Jésus Christ.

La chapelle des fonts, dont nous avons parlé au début, a été restaurée en 1848. Les peintures en sont attribuées à la famille Leviel ; s'il s'est distingué par les recherches

vraiment consciencieuses et savantes sur les noms des
artistes verriers, l'auteur de l'Histoire de la Peinture sur
verre faisait, en revanche, de tristes vitraux. Et encore
celui-ci, s'il est de lui, est peut-être le moins mauvais de
son œuvre ; nous en connaissons un, entre autres, à Saint-
Étienne-du-Mont, intitulé le *Benedicite*, qui est pitoyable.

Sixième fenêtre. — Saint-Gervais, Saint Protais.

Il n'y a pas plus d'une dizaine d'années que les trois
grandes fenêtres qui ornent le chœur de l'église sont
décorées de peintures qui, par parenthèse, n'ont aucun
rapport avec ce qui nous reste des anciennes croisées ; la
disposition de l'architecture du 15ᵉ siècle dans une église
du 16ᵉ est un anachronisme impardonnable. Tout au haut
de ces fenêtres, existaient autrefois, avant ces vitraux de
fantaisie, des fragments avec lesquels on a pu recomposer
et rétablir entièrement le sujet, pour le placer dans l'une
des chapelles des bas-côtés du midi.

Des restaurations devront nécessairement remettre en
état les quatre grandes fenêtres du transept et celles de la
nef. Même travail est indispensable pour rendre leur éclat
à des croisées placées dans différentes chapelles du nord.
L'une d'elles, située près de l'abside du rez-de-chaussée,
est à demi cachée par un tableau de médiocre valeur ;
l'obscurité du point qu'elle occupe derrière ce tableau la
rend d'ailleurs presque invisible.

Ainsi que nous l'avons rappelé au commencement,
Jean Cousin a, de concert avec un des Pinaigrier, contribué
à la décoration de Saint-Gervais ; on attribue au premier,

entre autres fenêtres, une partie de celles du chœur; il y a
peint, dit-on, lui-même le martyre de saint Laurent, l'épi-
sode de la Samaritaine, et au rez-de-chaussée du sud, dans
une chapelle du pourtour du chœur, la réception de la
reine de Saba.

Ce dernier ouvrage, surtout, était encore, il y a quelques
années, digne de l'admiration des connaisseurs, et, sans
contredit, l'une des plus belles pièces de cet auteur. Mais une
restauration malhabile a tout à fait changé son caractère ; ce fait de repasser une nouvelle peinture partout, sous
prétexte de retouche, l'a complétement dénaturé; il n'a
plus cet aspect argentin qui rappelait les meilleures grisailles
et pouvait le faire considérer comme l'une des plus belles
d'entre les pages marquées de la griffe du maître.

Il faudrait pourtant s'entendre sur le second Pinaigrier;
ils étaient trois de ce nom : Robert, Nicolas et Louis.
Robert est l'auteur du Pressoir de Saint-Étienne et le plus
célèbre ; il ne traitait et ne composait que des sujets d'une
petite dimension; l'auteur de cette note a trouvé, sur un
panneau de Jésus-Christ parmi les docteurs, N. P, sans autre
indication d'aucune sorte, mais rien dans les autres fenêtres
voisines.

Est-ce un Pinaigrier? Si c'est Nicolas, il se peut que
celui-ci ait exécuté les grandes décorations imitées de tableaux ; mais cela ne leur donne pas plus d'importance
pour elles-mêmes, et le relief qui leur viendrait du nom
hérité des parents, ne ferait que rappeler ce qu'on a vu
très-souvent, des hommes bénéficiant d'une illustration
parce qu'ils portaient le même nom. La foule, incapable
de discernement, soit par ignorance, soit par défaut de

temps, recherche peu les garanties du mérite personnel, accorde au nom le bénéfice qui ne devrait être donné qu'à l'individu. De notre temps, on a vu des frères heureux de cette fortune : MM. Scheffer, Flandrin, Jouanot, Barye, etc. Loin de vouloir déprécier cette double fraternité du talent, on peut trouver d'illustres lignées comme celle des Vernet, mais elles sont rares.

Ainsi que la famille Leviel, il y en a eu plusieurs; c'est celui-ci qui confond les Pinaigrier, sans prévenir si c'est du bon qu'il parle, et dit, à propos de Saint-Gervais, qu'il avait exécuté dans le chœur de cette église l'histoire du Paralytique à la Piscine et celle de Lazare, et dans la nef des vitres de la chapelle de saint Michel, représenté les courses des jeunes pèlerins près d'atteindre la cime escarpée sur laquelle est construite l'abbaye de Saint-Michel au tombeau, et se livrant à des danses et à des amusements champêtres; mais il ne dit rien de la chapelle de la Vierge, qu'on assure être de Pinaigrier, ni des peintures passées en revue et restaurées de la nef.

Malgré ces renseignements hasardés, on se demande encore de quel Pinaigrier il est question.

SAINT-ÉTIENNE-DU-MONT

A Saint-Étienne-du-Mont, comme à Saint-Séverin, l'administration de la ville avait usé de prévoyance. Elle avait
donné l'ordre de mettre les vitraux de l'église à l'abri des
bombes, en les déposant au plus vite. Il faut, comme cela a
lieu pour des soldats qui se sont distingués sur le champ de
bataille, porter à l'ordre du jour les ouvriers qui ont été
chargés de ce travail. En vaillant capitaine, le maître vitrier
commandait les hommes montés sur de grandes échelles,
tandis qu'autour d'eux grondait le bruit de la bataille, accro-
chés aux barres de fer, suspendus à toutes les saillies des
croisées ; les obus éclataient par milliers sur le quartier du
Panthéon, le plus éprouvé comme on sait. Si l'on pouvait
continuer le parallèle entre ces défenseurs différents de la propriété publique, on pourrait dire que le mérite de ces hommes a surpassé celui des soldats, puisque, dans l'impossibilité
de riposter aux coups qui pouvaient les atteindre des deux
côtés, ils exposaient constamment leur vie sans moyens de dé-
fense. Grâce à leur courage et à leur sang-froid, les vitraux
des étages supérieurs ont été préservés; il y a bien eu dans les

flamboyants quelques panneaux brisés, mais sans grands dommages sérieux, surtout en ce qui touche les tableaux à figures.

La collection de la chapelle du catéchisme avait été l'objet des mêmes précautions et placée hors des atteintes d'un projectile qui, en tombant sur cette galerie dite *du Charnier*, pouvait l'anéantir d'un seul coup.

Saint-Étienne-du-Mont, et particulièrement les vitraux, ne remonte pas au delà du seizième siècle. Il a conservé, à peu d'exceptions près, quelques remarquables productions des verriers de cette époque, dont les historiens de la Renaissance se sont beaucoup occupés.

Vers 1856, M. Baltard demanda à l'auteur de ce Mémoire une étude complète de peintures sur verre pour toute l'église; dans ce projet figuraient l'historique et la légende de sainte Geneviève. L'absence de fonds nécessaires empêcha la réalisation de cette entreprise.

Les vitraux de cette église ont subi plusieurs restaurations. La première a eu lieu en 1847, par la fenêtre représentant le Banquet du Père de Famille, placée dans l'une des chapelles latérales du midi; et diverses figures qu'on doit noter ici pour mémoire, isolées çà et là en différentes chapelles, ont été réparées, afin de faire correspondre leur classement avec les calques collectionnés par l'auteur des tableaux restaurés.

DESCRIPTION DES FENÊTRES

Première fenêtre. — L'Apocalypse.

Sujet emprunté à l'Apocalypse ; une confusion augmentée encore par des parties mutilées, résultat de mauvaises réparations, fait porter toute l'attention sur les figures du soubassement en forme de bas-relief. Les personnages, de grandeur naturelle, agenouillés, sont rangés en deux groupes. A la tête de chacun de ces groupes, on remarque le chef de la communauté, suivi de ses fils échelonnés par rang d'âge ; puis vient la mère, prosternée sur son prie-Dieu blasonné, et derrière elle, ses filles, observant, comme leurs frères, la hiérarchie du droit d'aînesse. Les costumes remontent à 1660. Les armoiries, très-chargées de pièces, qui ornent le prie-Dieu du chef, se trouvent répétées plusieurs fois dans l'église ; on peut conjecturer qu'elles appartiennent à des dignitaires du temps, vêtus de robes et de manteaux, insignes de leur profession dans l'État.

Deuxième fenêtre. — La Pentecôte.

Quoique du même temps que la première, elle lui est bien supérieure sous le rapport de l'effet général et de l'ensemble de la composition. Les auteurs qui ont eu occasion de parler de cet ouvrage l'attribuent à Claude Henriet, ainsi que celui qui était autrefois derrière la chaire à prêcher. Ce dernier vitrail n'existait déjà plus en 1760. Il représentait Jésus parmi les docteurs dans le temple.

Troisième fenêtre. — Légende de saint Thibault.

Ainsi qu'on peut s'en rendre compte, la conservation de cette belle verrière est sans doute due à la position qu'elle occupe dans l'église. Cachée en partie par le jubé, la difficulté de la voir l'a sauvée de la facilité de la détruire. C'est à cause de cette situation peu apparente que les auteurs n'en parlent pas ; mais enfin, quand elle fut étudiée la première fois, c'était une véritable découverte, tant elle était nouvelle et inattendue.

Par les costumes et la manière gothique ou moitié naïve, on voit que ces peintures ont été faites au commencement de l'existence même du monument, c'est-à-dire de 1500 à 1520 ; on y remarque beaucoup d'analogie avec les chroniques de Froissart, quoique bien plus avancées. Quand le peintre verrier se propose de représenter des femmes ou qu'il observe les règles de la perspective, presque inconnues du temps de Froissart, les lignes qui concourent à un même point de vue sont exprimées, dans les intérieurs et dans les paysages, avec une certaine connaissance des principes. La manière de ces peintures indique qu'elles doivent être le produit d'une grande et patiente attention, qui ne se trouvait alors que dans les couvents ; cela fait supposer que des moines seuls en seraient les auteurs. Ceux-ci n'étaient pas préoccupés des moyens expéditifs afin d'arriver vite et à bon marché.

Description des tableaux :

Premier à gauche de la partie inférieure. — La naissance du saint; une femme, couchée dans un lit d'apparat à couverture ornementée avec baldaquin vert; elle est entourée de compagnes qui lui portent des soins empressés. Les têtes sont fort belles, bien ajustées à la manière du temps de Henry II.

Le deuxième. — Baptême de l'enfant, qui, par un miracle, est enlevé par deux petits anges au-dessus des spectateurs, dans des attitudes d'admiration; ces spectateurs, témoins de l'action surnaturelle, se composent de clercs et de laïques.

Le troisième. — A un âge plus avancé, l'enfant semble, ainsi que l'enfant Jésus le fit dans le Temple en présence des docteurs de la loi, discuter les saintes doctrines, au milieu des religieux assemblés.

Le quatrième. — Devenu plus âgé, il est fait abbé. Un évêque, entouré de son chapitre, richement revêtu de ses habits pontificaux, lui pose la mitre sur la tête; il reçoit, par le sacrement de l'ordination, les titres de la profession monacale.

Au-dessus des quatre panneaux inférieurs, une frise, ornée de cordons en guirlandes d'un très-bel effet, règne dans toute la largeur de la verrière, en sépare la seconde partie de la légende, qui continue en reprenant aussi de gauche à droite.

Le cinquième. — En habit de moine, le saint est porté en triomphe par ses frères en religion dans une chapelle, car on voit, à gauche du tableau, un autel préparé pour l'office.

Le sixième. — Sur un échafaud, à genoux, le saint parait se confesser à un moine placé devant lui, le crucifix à la main ; c'est une préparation à la mort.

Le septième. — Un individu vient d'être pendu : l'exécuteur, encore sur l'échelle, est appuyé contre la potence, entouré d'une foule de peuple de toute sorte, à pied, sur des chevaux, hommes et femmes. L'intérêt principal semble se porter sur le pendu, décroché de la potence par le saint abbé, venu miraculeusement, porté sur un nuage, couper la corde, ou plutôt la rompre en la touchant de sa crosse.

Le huitième et dernier tableau. — Paysage ; des cavaliers ; au-dessus de leur tête, dans le lointain, on aperçoit le pendu, conduit entre deux anges qui semblent le dérober à la recherche des soldats du premier plan.

Quelque chose laisse à désirer dans la partie ogivale de cette fenêtre, à cause des grands vides qui ne répondent pas aux tableaux qui viennent d'être décrits plus haut ; une seule figure hors de proportion remplit chaque lobe des flamboyants et ne forme qu'un sujet : l'exposition du Saint-Sacrement.

Quatrième fenêtre. — Histoire de saint Étienne.

Des observations importantes peuvent s'appliquer à propos de la restauration de cette fenêtre ; les opérations qu'a nécessitées le rétablissement des tableaux tels qu'ils avaient été disposés dans le principe de leur conception, se retrouvent expliquées à l'occasion des vitraux de Saint-Méry.

Le travail auquel a donné lieu la réparation de cette verrière, qui représente l'histoire du patron de l'église, mérite, à plusieurs titres, une certaine attention. Cette croisée est placée au fond de la galerie des bas-côtés de droite, au premier étage.

Les meneaux intérieurs ayant été supprimés dans une réparation antérieure, on ne sait dans quel but, les tableaux, au nombre de huit, qui, dans le principe, étaient séparés par de petites colonnettes, se trouvèrent rapprochés les uns des autres, et ainsi confondus, sans aucune ligne de démarcation, ne formèrent plus qu'un tout uniforme, qu'une sorte de tapis foncé, dont la bordure, en verre blanc, prit la place des montants enlevés par l'ouvrier. Aujourd'hui, la maçonnerie est rétablie sur le plan primitif, la peinture est également restaurée, et l'on aurait quelque peine à soupçonner par quelles phases a passé cette verrière, construite en l'honneur du patron de l'église et admirablement exécutée.

On a tout lieu de croire que nous devons cette belle page religieuse à Claude Henriet, qui travailla beaucoup pour cette église et, au dire des auteurs de cette époque, peignit aussi la *Nativité de la Vierge* et celle de *sainte Claude*, etc.

Vitraux des charniers.

Nous passerons maintenant aux peintures sur verre, récemment placées dans la chapelle du catéchisme.

De quelles aventures les vitraux qui ornent les douze petites ouvertures de l'ancien cloître de Saint-Étienne-du-Mont n'ont-ils pas été l'objet? Jusqu'au jour où ces restes, si décousus, de peintures autrefois très-remarquables, furent déplacés pour les soustraire aux effets du bombardement, que de changements, que de péripéties !

L'œuvre d'ensemble, connue, historiquement, sous le nom de vitraux des charniers, à cause du cimetière autour duquel se trouvait, en 1630, le cloître qu'elle éclairait, formait trois galeries comprenant vingt-quatre croisées ; ces croisées ne représentaient point une histoire suivie, mais des sujets appropriés à la dévotion, au goût particulier de leurs donateurs.

Cette collection excita l'admiration des amateurs les plus distingués. Elle se recommandait par des qualités poussées à un point qui n'a jamais été dépassé, même dans les temps les plus favorisés : le fini et la délicatesse du dessin, l'éclat du coloris produit par les émaux, si bien réussis dans leur transparence à la fusion.

Comparés aux grandes verrières nées de l'inspiration des meilleurs peintres dans ce genre, ces vitraux sont à ces œuvres de haute dimension, ce qu'est un tableau de chevalet signé d'un Metzu ou d'un Terburg, à une toile immense, ou plutôt ce qu'est la miniature la plus délicate à un tableau de chevalet.

Sauval, qui a conservé les noms des peintres du charnier de Saint-Paul, a gardé le silence sur ceux du charnier de Saint-Etienne. En 1768, les marguilliers de cette paroisse accordèrent l'autorisation de compulser les registres contenant les délibérations de la fabrique et même les comptes de leurs prédécesseurs remontant à la fin de 1580 ; on reconnut qu'en 1604 la construction du charnier avait été projetée sur le terrain accordé, à cet effet, par les abbés et chanoines réguliers de l'abbaye de Saint-Etienne-du-Mont, et qu'en 1622

les vitraux destinés à éclairer avaient été complétement ache-
vés. Mais les recherches furent infructueuses à l'égard des
maîtres dont on désirait connaître les noms.

Ce qu'il fut possible de constater c'est : 1° que la fabrique
ne s'étant pas chargée de la dépense occasionnée par ces
peintures, les marguilliers n'ont pu ni dû les porter dans
leurs comptes; de là, l'absence du nom de leurs auteurs ;
2° que ces croisées, peintes depuis 1612, date que l'on voyait
encore sur le premier vitrail, ont été payées par les libéralités
des notables habitants de la paroisse, qui en confièrent l'exécution aux meilleurs peintres verriers de ce temps, en sol-
dèrent le prix de leur argent, et durent, par conséquent,
garder entre leurs mains les reçus acquittés par les artistes
qu'ils avaient employés; 3° qu'enfin l'empressement des
paroissiens à fermer ce charnier de vitres peintes fut si
grand, que la fabrique crut faire une chose plus utile pour
l'église, en priant ceux qui paraissaient disposés à concourir
au travail en question, de contribuer, pour une somme de
cent livres chacun, aux frais de la construction du portail et
de la fonte des cloches.

Les registres consultés ne firent connaître que quelques-
uns des noms des donateurs, tels sont ceux de Mme la pré-
sidente de Viale, dame d'Andresel ; de maître François
Chauvelin, avocat; de maître Germain, procureur au parle-
ment ; de MM. Boucher, marchand boucher, et Lesage,
marchand de vin, qui furent alternativement chargés de
l'œuvre et fabrique de la paroisse, pendant les premières
années du XVII siècle; de M. Renaud, bourgeois de Paris,
donateur du vitrail représentant le Jugement dernier,
aujourd'hui disparu, et devant lequel il désira être inhumé.

En 1734, par les ordres des marguilliers, tous les vitraux des charniers furent réparés, mais on ignore le nombre de ceux qui existaient alors. Les auteurs qui parlent de cette collection regrettent, comme ils pourraient encore le faire aujourd'hui, que ces belles vitres aient été de tout temps exposées aux plus grands dangers, dans un lieu destiné à faire le catéchisme des enfants. Cette coïncidence est digne de remarque.

Dans quel état la trouva la fin du dix-huitième siècle, quand la révolution première vint bouleverser tout ce qui touchait de près ou de loin à la construction des églises? Les vitraux de Saint-Étienne-du-Mont furent enlevés et en partie détruits. Ce qui reste aujourd'hui de la collection des charniers fut provisoirement placé aux fenêtres des chapelles du tombeau de Sainte-Geneviève, et un peu par toute l'église. Ce n'est qu'en 1859-60 que, par les soins de M. Baltard, architecte, ces vitraux furent transportés dans la chapelle nouvellement construite du catéchisme, aux fenêtres mêmes pour lesquelles ils avaient été exécutés originairement. Ils éclairent une partie de cette nouvelle chapelle.

Il n'y a pas là de tableaux complets; à trois ou quatre exceptions près, ce ne sont que des fragments, dont le tout formerait, tout au plus, de quoi remplir la moitié des vingt-quatre fenêtres qui existaient en 1612. Encore, sur ce nombre si restreint se trouve-t-il à peine six sujets dans l'état où ils existaient lors de leur conception. Le reste se compose d'œuvres très-diverses, rassemblées pour combler tous les vides du cadre où elles sont exposées.

REMARQUES PAR ORDRE DE CONSERVATION

On y distingue, en commençant par ceux qui ont attiré le plus l'attention des connaisseurs et des critiques plus ou moins établies, une sorte de célébrité aux mieux conservés.

Premier tableau. — Le Pressoir.

Célèbre par les difficultés spéciales que l'artiste verrier a dû vaincre pour arriver à sa parfaite exécution, il a été longuement cité par les historiens de la Renaissance, qui l'ont vanté comme l'un des plus remarquables exemples des tableaux allégoriques, alors en vogue. Voici comment un de ces auteurs en interprète le sens :

« Il est la vive expression qui se rapporte à l'effusion du « sang de Jésus-Christ ; l'affirmation des grâces que les « sacrements confèrent ; cette allégorie, dont le premier « sens est admirable, se trouve plus ou moins chargée « d'épisodes. »

L'appréciation que Sauval en donne est très-conforme à l'effet que produit cette vitre merveilleusement peinte. Voici en quels termes il s'exprime :

« On voit, dans cette vitre, des papes, des empereurs, « des rois, des évêques, des archevêques, des cardinaux, « tous en habits de cérémonie, occupés à remplir et rou-

« ler des tonneaux, les descendre dans la cave, les uns
« montés sur un poulain (poulie), les autres tenant le trai-
« neau, à droite et à gauche ; en un mot, on les voit faire
« tout ce que font les tonneliers. Ces personnages, au reste,
« ne sont pas des portraits de caprice ; ce sont ceux de
« Paul III, de Charles-Quint, empereur, de François Ier, roi
« de France, de Henri VIII, roi d'Angleterre, du cardinal
« de Châtillon, et autres, presque aussi ressemblants que si
« on les avait peints d'après eux ; le tout sur une parole
« de l'Écriture . *Torcular calvi solus; quare est rubrum*
« *vestimentum meum.*

« Les muids qu'ils remuent sont pleins du sang de Jésus-
« Christ, étendu sous le pressoir, qui ruisselle de ses plaies
« de tous côtés. Ici les patriarches labourent la vigne, là
« les prophètes font la vendange ; les apôtres portent le
« raisin dans la cuve ; saint Pierre le foule des pieds ; les
« évangélistes dans le lointain, figurés par un aigle, un
« taureau et un lion, le traînent dans des tonneaux sur un
« char figuré par un ange ; les docteurs de l'Église le
« reçoivent, au sortir du corps de Notre-Seigneur, et l'en-
« tonnent ; dans l'éloignement et dans le haut du vitrail,
« est une espèce de charnier ou galerie ; on y distingue
« des prêtres en surplis et en étole, qui administrent aux
« fidèles les sacrements de la pénitence et de l'eucharis-
« tie. »

Cette belle pièce est attribuée à Robert Pinaigrier, dont
les ouvrages existants sont et seront toujours d'excellents
modèles à suivre, notamment en ce qui concerne l'application des émaux, unie à la belle facture du dessin. Ce peintre
vivait de 1520 à 1540.

Tout porte à croire que ce vitrail a été choisi, ainsi que l'artiste, pour être exécuté par les libéralités de maître Lesage, notable de la corporation des marchands de vin, dont on retrouve le nom parmi les donateurs inscrits sur les registres des marguilliers cités plus haut.

Deuxième tableau. — Abraham et les jeunes Voyageurs.

Le classement de ces premiers tableaux sera dirigé pour la conservation de chacun d'eux, sans tenir compte du genre, des auteurs ni des sujets représentés. Dans cet esprit, nous rencontrons, immédiatement après le Pressoir, Abraham accueillant les trois anges sous les habits de trois voyageurs. Le patriarche s'empresse, après leur avoir lavé les pieds, de donner des ordres aux serviteurs, de préparer le repas de bien-venue ; il ne dédaigne pas de s'occuper du bien-être de leurs personnes ; or, ces beaux étrangers annoncent à leur bienfaiteur la naissance d'un fils, malgré le grand âge de Sarah, qui, placée derrière la porte, écoute la conversation des voyageurs. L'habitation d'Abraham, placée au second plan, est remarquablement traitée ; le paysage au milieu duquel est placée la scène, en forme de court, les accessoires dont elle est accompagnée, sont conçus d'une tout autre manière que celle qui a produit et le Pressoir et les autres sujets qui nous sont passés sous les yeux. Ce genre aurait quelque analogie avec celui qu'on est convenu d'appeler réaliste. Il se rapproche des œuvres flamandes, et possède des qualités égales aux précédents, quoique n'y ressemblant d'aucune manière.

Troisième tableau. — Adoration du Saint-Sacrement.

A cette époque, l'engouement porté à son comble, en faveur de la peinture vitrifiée, fit surgir une foule d'artistes qui, en cherchant à se surpasser les uns les autres et à se créer une originalité personnelle par des interprétations allégoriques, tombèrent dans toutes les exagérations du mysticisme incompréhensible, des paraboles indéchiffrables, alors en grand honneur. A cet effet, on choisissait de préférence les textes les plus obscurs des livres saints ; le Cantique des Cantiques, l'Apocalypse, fournissaient de nombreuses inspirations ; bien plus, quand on ne pouvait s'appuyer sur un passage de l'histoire sacrée, on imaginait quelque légende apocryphe, quelque sujet de pure invention. Très-éloignés, aujourd'hui, de leur façon de concevoir les emblèmes religieux, il nous est à peu près impossible d'expliquer ce que les artistes du temps ont voulu exprimer, par exemple, dans l'*Exposition du Saint-Sacrement*, où nous voyons deux anges de chaque côté en adoration ; sur un fond pourpre, émaillé, un ostensoir, orné de pierreries incrustées dans l'or, est posé sur des nuages, au-dessous desquels sont placés des objets, tels qu'un bâton pastoral, un mouton, un rocher d'où sort une eau courante, un cep de vigne avec une grappe de raisin, etc. Ces attributs, qui ont pu, au temps où ils furent exécutés, avoir quelque signification, n'ont plus maintenant d'intérêt qu'au point de vue des qualités scientifiques de l'exécution, sous la forme de la singularité de l'emblême ; aussi doit-on ajouter que les émaux appliqués dans cette peinture allégorique sont ex-

traordinaires comme tour de main, la couleur pourpre
entre autres; la facture des personnages est également digne
d'être mentionnée.

Quatrième tableau. — Le Sacrifice.

Sur un autel rustique, la victime est consumée par les
flammes qui s'élèvent vers le ciel. Un vieillard, qui pourrait
être Noé à la sortie de l'arche, est prosterné avec ses fils
autour de la pierre sacrée et rend à Dieu des actions de
grâces. Le genre de cette composition ne ressemble en rien
et ne se rapproche aucunement des tableaux allégoriques
mentionnés dans la description qui précède. Aucun émail
n'est appliqué à l'exécution du travail, dont les moyens de
procéder, même dans la forme, ressemblent beaucoup aux
tableaux à l'huile de l'école classique française du dix-septième siècle.

Cinquième tableau. — Serpent d'airain.

Sous la dénomination de grisailles, un genre de peinture
sur verre, dont il n'a pas encore été parlé, a servi heureusement à décorer plusieurs églises de cette époque. Le parti
que certains verriers en ont tiré a jeté un brillant lustre
sur ce genre. On en trouve de beaux spécimens dans
quelques cathédrales, à Troyes, par exemple, dans l'église
de Saint-Pantaléon ; à Rouen, à l'église de Saint-Ma-
clou, etc.

Vers 1560, on voyait, dit un auteur, dans un vitrail au-
dessus d'une porte, au petit cimetière de Saint-Étienne-
du-Mont, Jésus-Christ en croix, symbolisé par le serpent

d'airain, dont l'histoire y était admirablement représentée.
L'auteur auquel ce détail est emprunté ajoute que ce
tableau,— une grisaille assez remarquable, — a été transporté sous le charnier, après avoir décoré pendant longtemps
la chapelle des onze mille vierges dans la nef de l'église. Il
s'y trouve aujourd'hui beaucoup de parties effacées, par
suite du peu de fusion que la couleur noire a prise au four-
neau de recuisson. Le vitrail est attribué à Jean Cousin, ou
tout au moins à quelqu'un de ses meilleurs élèves qui l'aurait
exécuté d'après les cartons du maître.

Il est assez ordinaire de rencontrer des personnes qui,
pour donner du prix aux vitraux et se parer d'une
apparence de connaisseur sur leur mérite, invoquent le
nom de Pinaigrier et de Jean Cousin. Or, le premier n'a
exécuté que de petites pièces ; pour le second, une distinction est nécessaire. Le mérite de Jean Cousin est incontes-
table et incontesté pour ses œuvres de peinture à l'huile; mais,
comme verrier, sa réputation est surfaite. Ici, dans le serpent
d'airain, l'auteur peut-être a été choisi par le donateur de
la vitre, sur la recommandation de l'opinion générale, qui,
avec raison, le proclamait un peintre célèbre, ainsi que
M. Ingres l'a été pour faire les cartons de la chapelle de
Saint-Ferdinand de Neuilly ; mais ni l'un ni l'autre n'ont
laissé de vitraux dans le sens propre du mot. La couleur
monotone de la fenêtre dont il est question, presque dis-
parue, est au-dessous des grisailles, rehaussées de jaune.

Sixième tableau. — L'Arche de Noé, Jésus-Christ pilote.

L'analogie ou l'intimité des rapports prophétiques entre
l'Ancien et le Nouveau Testament, des sujets traités dans

les compositions qui suivent, n'est peut-être qu'accidentelle, quoique les écrivains soient restés muets à cet égard. Il n'est pas moins curieux de rappeler comment ces rapports ont été rapprochés pour en faire jaillir le pittoresque. Exemple : La Pâque des Juifs est représentée au-dessous de la Sainte-Cène ; l'Ablution, au-dessus de Jésus lavant les pieds des apôtres ; la Manne au-dessus de la Communion, etc. D'ailleurs, il se peut bien aussi que les coïncidences soient intentionnelles, puisque partout les figures analogues représentent des prophéties accomplies dans l'Ancien Testament et renouvelées dans le Nouveau, le tout expliqué par des révélations.

Deux tableaux remplissent chaque ouverture ; celui du haut ne descend pas au-dessous du demi-cercle de la partie cintrée ; celui du bas est de forme carrée, contient toute la partie inférieure. Le tableau du haut représente l'Arche de Noé ; au-dessous, Jésus-Christ dirige le gouvernail d'un vaisseau symbolique, dans lequel sont rassemblés des grands de la terre : rois, reines, papes, évêques, dignitaires de toutes les conditions. Les figures, qui semblent être des portraits, sont traitées avec une délicatesse d'exécution digne des plus grands maîtres du seizième siècle.

Septième tableau. — La Pâque.

Des juifs, autour d'une table chargée d'aliments, par leur attitude et le bâton à la main, se disposent au repas, ainsi qu'un voyageur pressé semble ne prendre de nourriture que juste ce qui est nécessaire pour fortifier le corps avant d'entreprendre un grand voyage.

Au-dessous : la Sainte-Table. Jésus-Christ distribue le pain de l'Eucharistie aux fidèles agenouillés en cercle autour du divin Dispensateur des grâces.

Huitième tableau. — Ablution. — Jésus-Christ lave les pieds.

Pour combler l'ouverture, plusieurs fragments de panneaux ont été décorés. Ils forment ainsi, en apparence, une œuvre complète, sans avoir réellement aucune connexité. Toutefois, comme spécimens de compositions autrefois célèbres, ils ne laissent point que d'offrir un intérêt de curiosité. Malgré les restaurations qui les ont presque défigurés, on retrouve encore assez de traits particuliers pour y découvrir ces empreintes que caractérise la main du maître.

Neuvième tableau. — Les Pèlerins d'Emmaüs. La Distribution des sept pains.

Suivant ce que rapportent les auteurs, ce tableau n'avait pas, dans l'origine, été exécuté pour faire partie de la collection des charniers, mais bien pour orner la chapelle Sainte-Anne, ainsi que la Distribution des sept pains, placée dans la partie cintrée. La coupe du panneau, d'ailleurs, montre qu'il a été destiné pour un autre emplacement. Avant d'être transporté où il est, il décorait une chapelle qu'il éclairait seul, sans aucun indice de parenté avec les vitraux de la chapelle du Tombeau. L'exécution aussi ne ressemble nullement à celle des fenêtres dont il a été parlé plus haut.

Dixième tableau. — Les Péchés capitaux. Melchisédech.

Aucune mention historique n'a été faite de ces peintures.

Les compositions se font remarquer par l'originalité des
sujets et la diversité des scènes destinées à rendre la pensée
de l'artiste. Là encore se retrouvent le goût dominant pour le
genre allégorique, et l'intervention du surnaturel représenté
par le Diable, tentateur des âmes, instigateur de toutes les
mauvaises actions.

Au point de vue de l'art du verrier, l'exécution n'a pas
une valeur de premier ordre ; jointe à l'oubli dans lequel
les ont laissés les amateurs de l'époque, elle indique que ces
tableaux sont d'une facture assez moderne. Le cintre de la
même fenêtre est occupé par une composition représentant
les pains de Melchisédech.

Onzième tableau. — Banquet du Père de famille.

Quoiqu'il ne nous reste qu'une partie de cette belle
pièce, le retentissement qu'elle eut dans son temps exige
qu'on s'arrête et qu'on rapporte, par des citations, ce
que les contemporains de l'auteur pensaient à ce sujet.
Voici comment l'un d'eux l'apprécie :

« Le vitrail dans lequel le peintre s'est employé à rendre
« la parabole du Banquet du Père de famille rapportée par
« saint Luc.—Tous les détails en sont surprenants et de la
« plus grande finesse. La salle du festin, entre autres, y
« paraît éclairée par des vitraux, dont les plus grands por—
« tent neuf pouces de haut sur un pouce et demi de large.
« On y distingue, sans confusion, des frises ornées de fleurs au
« pourtour d'un fond de vitres blanches, dont la façon paraît
« exactement conduite et sort elle-même du cadre et des
« panneaux de hauteur dans lesquels l'art du peintre, presque

« impossible, a représenté la Nativité, la Résurrection et
« l'Ascension de Jésus-Christ ; on reconnaît dans le dernier
« panneau les armoiries du président de Viale, seigneur
« d'Andresel, dont la veuve a fait présent de ce vitrail en
« 1618. Les fleurs dont le pavé de cette salle paraît jonché
« sont du coloris le plus naturel et le plus vif. »

Si, malheureusement, le nom de l'auteur n'est pas connu,
on sait le prix qu'a coûté cette œuvre de la plus vive libéralité (dit l'auteur) des notables paroissiens, qui en confièrent
l'exécution pour la somme de *quatre-vingt-douze livres
dix sous*, qu'ils payèrent de leurs deniers.

Douzième tableau. — Miracle de la rue des Billettes. La Manne.

On rapporte que, vers l'an 1400 (la date ici n'est pas
nécessaire), une veuve, retirée dans le fond d'une vieille
maison de la rue des Billettes, et dont la foi était plus que
douteuse par sa conduite, avait contracté des pactes secrets
avec le diable ; voisine et amie d'un juif fervent dans sa
croyance, gagnée par ce dernier, elle lui avait promis que,
pour une somme d'argent, elle lui apporterait une hostie
consacrée ; ce qui eut lieu en effet : feignant, par la confes-
sion, un repentir de sa vie passée, elle reçut l'absolution de
ses fautes, communia, et, au moment où le prêtre se tourna,
elle prit avec la main la sainte hostie, la cacha dans son
mouchoir, et, comme Judas, la remit entre les mains de
l'ennemi de Jésus-Christ. Le juif, quand toute la ville était
plongée dans un profond sommeil, alluma un grand feu, et
précipita l'hostie dans une bassine d'airain remplie d'huile
bouillante, d'où sortit tout à coup, et s'éleva jusqu'au plan-

cher, une grande croix sur laquelle était le Sauveur, qui, rien que par sa présence et de son regard, jeta l'incrédule dans l'épouvante. D'indigne qu'il était, le juif devint par la suite un zélé chrétien.

Le moment choisi par l'artiste est celui de l'élévation de la croix, qui tient une partie du tableau en hauteur. Effrayé, encore le soufflet à la main, le juif semble demander grâce; dans le fond de l'intérieur, on voit la femme s'occupant des choses du ménage.

Le cintre de la même croisée est occupé par la reproduction : Moïse, au milieu des Israélites, les mains élevées vers le ciel, demande à Dieu la nourriture pour son peuple. La manne tombe; les Hébreux se précipitent partout dans le camp pour la ramasser.

SAINT-EUSTACHE

Malheureusement, c'est l'église qui a subi les pertes les plus regrettables, en ce qui touche la peinture sur verre, pendant la bataille des journées de mai. En effet, bien qu'à Saint-Leu, plus exposé que Saint-Eustache, par sa position en saillie sur le boulevard Sébastopol, aux coups de l'artillerie, beaucoup de vitraux aient été détruits, que ceux de l'abside aient été, entre autres, entièrement brisés, on ne peut établir de parallèle entre les dégâts éprouvés par les verrières des deux églises. Alors qu'il sera toujours possible de remplacer les vitres toutes récentes et, par suite, de moindre valeur qu'a perdues Saint-Leu, puisque leurs auteurs existent encore, on ne pourra jamais rendre à Saint-Eustache des œuvres signées Philippe de Champagne.

L'Administration de la ville de Paris a mis un soin tout particulier à rétablir la décoration de ce beau monument religieux, soit en restituant aux chapelles les peintures que les blanchisseurs d'intérieurs d'églises avaient ensevelies sous une couche de badigeon, soit en les décorant de tableaux exécutés par des artistes contemporains les plus distingués, soit enfin en poursuivant, de 1850 à 1867, la restauration des grandes fenêtres qui ornent les galeries du chœur, le grand orgue, les grilles des chapelles, etc. Tant de sacrifices en faveur de cet édifice doivent nous porter à y attacher le plus grand intérêt.

S'il était possible de trouver dans le désastre dont nous venons d'être témoins une compensation, on la puiserait dans cette considération : qu'en général, les églises ont été épargnées, et en ce qui nous intéresse spécialement, les vitraux, regardés comme devant disparaître à la moindre bourrasque, au plus petit souffle d'orage passager, ont, en résumé, subi moins de dommage que les gros murs des monuments civils et militaires de la capitale.

L'auteur de ce mémoire entra dans l'église à la suite des soldats de la ligne qui venaient d'y pénétrer. Il se trouva là, par conséquent, lorsqu'on éteignit heureusement le feu qui venait d'y éclater. En voyant, après la chute du clocher, du côté des Halles-Centrales, les pierres se détacher et former de nombreux vides dans les toitures et les pièces de verre, il put penser que tout était perdu de ce côté. Mais, ayant fait, à quelques jours de là, une visite des plus attentives et des plus minutieuses à l'intérieur de l'édifice qui avait couru de si grands dangers, il acquit la conviction qu'on pourra rétablir les figures du maître, sans altération aucune et conserver cette page historique si justement célèbre.

En effet, les cartons ont été scrupuleusement conservés par des calques au trait, relevés sur la vitre même, à l'atelier du verrier, à l'époque où la restauration fut autorisée et exécutée. Aujourd'hui, les personnages de ces tableaux ne sont, en résumé, que partiellement atteints.

Il sera donc facile de rétablir les fenêtres, sans que le raccordement soit sensible, avec des pièces rajustées, en même temps qu'on reprendra complétement l'architecture, sur laquelle se détachent les figures colorées. Par des raisons qu'il serait trop long d'énumérer, ce dernier point de réparation rendra le plus grand service à la décoration, car cette architecture, bonne quant à son ordonnance, est d'une exécution brutale et médiocre, et ne laisse pas assez valoir les saints apôtres qui sont là représentés. En somme, étant donnée la possibilité de conserver l'original qui donne tant de prix à ces beaux vitraux, l'art des tableaux sur verre n'aura rien perdu des œuvres distinguées de cette époque, ce qui, au premier abord, peut sembler incroyable, en face des ruines irréparables de tant de monuments qui sont loin d'avoir la fragilité du verre.

Comme il a été dit déjà, un soin tout particulier avait présidé à la restauration de ces premières peintures; de 1850 à 1867, tous les sujets ont été fidèlement calqués à l'encre; ces traits pourraient être consultés le jour où l'on voudrait rendre au monument sa propriété artistique; l'auteur de la restauration possède, en outre des cartons, les dessins réduits et colorés de la collection, le tout exécuté au moment du travail.

La liste de chaque figure et fenêtre se retrouvera au catalogue des calques : le nom de chaque saint, le nombre, les mesures et les places.

LETTRE

ADRESSÉE

A M. LE PRÉSIDENT DE LA COMMISSION HISTORIQUE

DE LA VILLE DE PARIS

A L'OCCASION

DES CALQUES D'ANCIENS VITRAUX

---

28 AOUT 1871

Au sujet des cartons calqués sur les vitraux anciens, restaurés, appartenant aux églises de Paris, voici la lettre adressée le 28 avril 1870 à M. le président de la Commission
historique de la Ville, par l'auteur du Mémoire et des restaurations.

Monsieur le Président,

L'Administration de la Ville, depuis vingt-cinq ans, m'a
fait l'honneur de me confier la restauration des anciennes
peintures sur verre appartenant à toutes les églises gothiques de Paris.

Désigné pour participer à la décoration de l'hôtel Carnavalet, j'avais déjà, en 1868, prévenu les autorités chargées de diriger les travaux, qu'il existait dans mon atelier des parties détachées d'anciens vitraux, qui pouvaient être utilisées à cette occasion ; un premier examen eut lieu par feu M. Parmentier, architecte du monument, et, si je suis bien informé, la Commission historique délibéra sur l'usage de ces pièces réservées.

En outre, je prends la liberté aujourd'hui, monsieur le Président, de porter à votre connaissance que par mes soins j'ai réuni une collection de dessins au trait, calqués sur les vitraux anciens restaurés, se composant de plus de soixante fenêtres ; peut-être pourraient-ils, par le nombre et l'intérêt attaché aux compositions qu'ils représentent, attirer l'attention de la commission historique.

Ces dessins calqués proviennent de :

1° Onze fenêtres du chœur de Saint-Eustache ; figures colossales, d'après Philippe de Champagne ;

2° Vingt et une fenêtres de Saint-Séverin ; peintures du quinzième siècle, représentant de saints personnages, grandeur naturelle, aux pieds desquels sont agenouillés les donateurs de chacune des vitres ;

3° Neuf fenêtres du chœur de Saint-Méry ; Histoire de Joseph, les Actes des Apôtres ; peinture du seizième siècle ;

4° Six fenêtres de Saint-Gervais, grande verrière de la nef ; seizième siècle ;

5° Cinq fenêtres de Saint-Germain-l'Auxerrois ; compositions de tableaux, de figures demi-nature, sujets divers, tirés de l'histoire sainte, costumes intéressants ; seizième siècle.

6° Six fenêtres de Saint-Étienne-du-Mont; seizième siècle.

7° D'autres réparations partielles et de moindre importance, faisant partie de la collection, ont été exécutées en différentes places.

Permettez-moi, monsieur le Président, de vous exposer, en quelques mots, ce qui m'a suggéré la pensée de la démarche que je fais en ce moment.

En parcourant les pays étrangers, afin de savoir et voir si les procédés de l'ancienne peinture sur verre étaient appliqués quelque part, je remarquai à Gouda, ville hollandaise, de la part des autorités, une sollicitude toute particulière pour la conservation des vitraux anciens de l'église, bien digne d'être imitée, comme le désireraient tous les amateurs.

Dans une des pièces du chapitre, étaient classés par ordre les cartons modèles qui avaient servi à l'exécution des peintures vitrifiées composant tout l'ornement du temple. Grâce à cette prévoyance, il ne manque pas une seule pièce, quoique ayant traversé des bouleversements de toute nature, comme celles des autres villes, où il reste à peine quelques verres de couleur, indiquant seulement des traces de peintures aujourd'hui absentes.

Ce n'est pas tout. Quand un voyageur paraît prendre un vif intérêt à cette splendide décoration sans lacune, il est prié d'entrer à la sacristie. Là on met sous ses yeux, dans un album disposé à cet effet, les tableaux réduits et coloriés au cinquième de l'exécution; de sorte qu'en réunissant les cartons de la grandeur des verrières avec les tableaux d'ensemble réduits et coloriés, rien ne manque, et l'artiste verrier n'a aucuns frais d'imagination à faire pour rétablir les pièces que les accidents peuvent avoir fait disparaître ; enfin, à ma connaissance, c'est peut-être le seul exemple d'une église garnie entièrement de vitraux véritablement du temps de sa création.

Si, dans la collection que je faisais silencieusement pour l'amour de l'art, il manque (une partie du moins) les réductions colorées exposant la vitre dans tout son ensemble, on retrouverait une compensation par les fragments des différentes époques qui ont été pris en note par M. Parmentier, et dont la Commission historique est saisie ; les panneaux incomplets correspondent, par la nature de leur style et des procédés, à chacune des églises, aux fenêtres, aux tableaux et même aux détails des figures. Encore ici, cette réunion de cartons, d'esquisses d'ensemble, coloriés, et les morceaux détachés de verres peints, formeraient une réunion des plus complètes de ce genre, à montrer à notre génération, qui n'a qu'une faible idée de cet art dispersé.

Les observations qui précèdent, et que j'ai cru devoir me permettre de vous soumettre, me font espérer, monsieur le Président, qu'elles attireront votre attention.

CARTONS CALQUÉS

SUR LES ANCIENS VITRAUX RESTAURES

DES

ÉGLISES DE PARIS

SAINT-SÉVERIN

(XVᵉ SIÈCLE)

PREMIÈRE FENÊTRE.

Ascension.

Jésus-Christ....	Lancette du milieu.....................	3,80	sur	0,80
St Jean-Baptiste	Lancette de droite, donateur et écu.......	3,83		0,80
St Pierre	Une seule figure avec donateur..........	2,80		0,80
Ste Catherine ..	Panneau des flamboyants en fragments....	0,75		0,45
Ste Marie-Mag-deleine	Fragments anciens................	0,65	sur	0,45
St Antoine.....	Petits panneaux trouvés à la place........	0,60		0,40

Le Triangle .... Fragment d'anges musiciens.... ....   0,55 sur 0,25
Chanteur....... Fragment d'anges musiciens   0,45   0,25
Contemplateur.. Anges en pointe, gauche.. 1,30   0,32
Admirateur .... Anges de droite, pointe 1,10   0,32
Adorateur...... Anges d'écoinçon, gauche............ 1,16   0,26
Adorateur.....   Idem.   droite   1,16   0,27

Compositions nouvelles et agrandissements des sujets.

St Antoine..... Composés d'après des fragments trouvés
           sur place....................... 1,69 sur 0,84
Ste Marie-Mag - Arrangés pour la place et grandis d'après
  deleine ......   les fragments...................... 1,50 sur 0,84
Ste Catherine .. Composés et grandis d'après les fragments. 1,70   0,92

DEUXIÈME FENÊTRE.

Sainte-Trinité aux deux Anges.

Trinité......... Lancette du milieu, le Père, le Fils et le
           Saint-Esprit .... 3,87 sur 0,82
Grand Ange.... Lancette de gauche, ange au flambeau.... 3,84   0,84
    Idem .... Lancette de droite avec chape et flambeau. 3,84   0,84
Trompette ..... Fragment d'ange trouvé dans les flam-
           boyants .... 0,75 sur 0,30
Père Éternel... Fragment d'ange...............   0,63   0,42
Harpe .... Fragment d'ange..........   0,72   0,30
Chanteur...... Ange de droite, fragment.............   0,75   0,28
    Idem........ Ange de gauche, fragment.............   0,75   0,25
    Idem........ Ange............................ 0,75   0,89

TROISIÈME FENÊTRE.

Le Christ, saint Sébastien et saint Thomas.

Le Christ ...... Lancette du milieu.............. ...... 3,40 sur 0,82
St Sébastien ... Lancette de gauche....... 3,40   0,82

St Thomas.....	Lancette de droite.....................	3,85 sur 0,82
Père Éternel...	Panneau du haut de la fenêtre. Flamboyants	0,90 sur 0,73
St Jean l'Évangéliste.......	Coin de gauche, donateur...............	1,13 sur 0,60
Tambourin.....	Ange musicien.........................	0,80 0,44
Trompette	Ange, fragment.......................	0,80 0,44
Adorateur......	Écoinçon, fragments de personnages......	1,25 0,80

Compositions nouvelles et agrandissements des sujets.

Adoration......	Composition d'anges pour la place........	1,25 sur 0,80
La Prière......	Idem. de gauche.................	1,25 0,80
Prosternés.....	Trois figures agenouillées,...............	0,77 0,09
Idem	Trois figures en adoration......	1,13 0,80

Le Christ jardinier, sainte Marie Magdeleine, Diacre.

Le Christ......	Lancette du milieu, apparition ....,..	3,57 sur 0,85
Ste Magdeleine.	Saintes femmes dans le jardin..........	3,48 0,84
St Charles.....	Saint, avec dalmatique.................	3,53 0,84
Résurrection...	Panneau du haut en cœur. Flamboyants...	1,00 0,91
Prière....... .	Ange en écoinçon, fragment.............	1,00 0,33
Adoration..... .	Pointe gauche, fragment...............	0,80 0,20
Idem	Pointe d'ange, fragment......	0,80 0,20
Idem	Pointe de pointe.............	0,60 0,35
Idem	Pointe de pointe.....	0,60 0,15
Idem	Pointe.............	0,60 0,15

2me Sainte-Trinité, saint Christophe, sainte Catherine.

| Ste-Trinité..... | Lancette du milieu, Père, Fils et Saint-Esprit.............................. | 3,80 sur 0,76 |

St Christophe.. Lancette de droite, deux donateurs....... 3,80 sur 0,76
Ste Catherine.. Lancette de gauche, deux donateurs...... 3,80   0,76
Ange......... Ange à draperie volante sur fond bleu.
              (Flamboyants)......................
  Idem....... Idem., de composition nouvelle......
  Idem....... Idem............................

SIXIÈME FENÊTRE.

Saint Pierre, saint André.

St Pierre...... Lancette de droite, donateurs............ 4,60 sur 1,15
St André...... Lancette de gauche. Idem............... 1,60   1,15
St Pierre (mart.) Martyr de St Pierre. (Flamboyants.)...... 0,92   0,69
St André (mart.).. Panneau du haut. Martyr de St André.... 1,00   0,90
St Pierre (pape). St Pierre avec attribut papal............ 0,95   0,64
Le Christ....... Pointe. Anges........................ 0,88   0,68
St Étienne...... Idem............................. 1,10   0,24
Adorateur...... Idem............................. 1,10   0,23
Adorateurs..... Idem............................. 0,24   0,87
Anges......... Plusieurs Anges...................... 0,81   0,74
Notable........ Figures du temps avec costumes........ 0,88   0,68

SEPTIÈME FENÊTRE.

Saint Jean-Baptiste, saint Michel.

St J. Baptiste.. Plusieure donateurs avec blasons. .... 4,57 sur 1,10
S. Michel...... Quatre donateurs. (Flamboyants.)........ 4,65   1,13
St J. Baptiste.. Couronnement de la Vierge............. 1,92   0,70
St Michel...... Pointe. Figure de St Michel, deux écus... 1,03   0,24
La Vierge...... Deux écus et deuxième pointe de droite.. 1,00   0,69

HUITIÈME FENÊTRE.

Au chevet.

Le Christ....... Lancette de droite..................... 4,60 sur 1,15
La Vierge...... Lancette de gauche.................... 4,60   1,15
Directeur...... Instruction d'enfants. (Flamboyants.). ... 0,95   0,74

Saint Jean l'Évangéliste, saint Martin.

S. Jean l'Évan- géliste.......	Lancette de gauche, donateurs avec écusson.	4,60 sur	1,17
St Martin......	Avec donateurs, 14 figures.............	4,00	0,60
Id. à cheval..	(Flamboyants.).....................	0,92	0,70

Sainte Geneviève, saint Séverin.

Ste Geneviève..	Avec neuf donateurs................	4,50 sur	1,12
St Séverin.....	Trois donateurs.....................	4,53	1,16
Confirmation...	(Flamboyants.).....................	0,95'	0,88

Galerie de la nef, 3 lancettes. Le Christ en croix.

Le Christ......	Lancette du milieu. Le Christ. St Joseph avec donateurs....................	3,88 sur	0,83
St Jean........	Lancette de droite.........	3,88	0,85
La Vierge......	Lancette de gauche.........	3,84	0,88
La Couronne d'é- pines........	Anges avec attributs..............	0,36 sur	0,27
Les Clous......	Fragments d'Anges aux clous. Anges en pointe.....................	0,36 sur	0,27
Le Champ......	Idem. Musiciens..................	1,13	0,32
Musique.......	Anges en pointe de gauche...........	1,07	0,70
Chant.........	Anges en pointe de droite............	1,07	0,30

Compositions nouvelles. (Flamboyants.)

Couronne et Clous........	Anges avec attributs................	1,35 sur	0,90
Chant.........	Idem, avec attributs de la Passion.....	1,55	0,90
Roseau........	Anges. Idem.......................	1,56	0,90

Saint Paul et saint Pierre, saint André.

St Paul.......	Grande figure avec architecture........	3,68	sur	0,84
St André.......	Idem, grande figure seule............	3,72		0,36
St Pierre......	Grande figure drapée.................	3,70		0,37
Père Éternel....	Panneau du haut. (Flamboyants.).......	1,15		0,75
Idem.......	Idem.............................	1,15		0,75
Adorateur......	Pointe d'Anges de droite.............	0,70		0,20
Idem.......	Idem, de gauche....................	0,85		0,20

Compositions nouvelles. (Flamboyants.)

Le Livre.......	Anges tenant un livre à gauche.........	0,96	sur	0,83
Anges au livre..	Idem, de droite....................	0,96		0,83
Banderole......	Anges à la banderole gauche...........	0,60		0,62
Idem.......	Idem, de droite....................	1,60		0,59
Trompette.....	Pointe d'Anges gauche................	1,07		0,32
Idem.......	Idem, droite......................	1,06		0,32
Adorateur......	Pointe d'Anges droite................	0,86		0,20
Idem.......	Idem, gauche.	0,70		0,20

Saint Jacques, sainte Agnès, saint Antoine.

St Jacques.....	Figure seule avec architecture..........	3,85	sur	0,80
Ste Agnès......	Figure avec moutons et attributs........	3,85		0,80
St Antoine.....	Figure, architecture et attributs..........	3,85		0,80
Indicateur.....	Écoinçon, Anges.....................	0,60		0,45
Au violon......	Deuxième écoinçon de droite............	0,40		0,25
Chanteur......	Anges musiciens en pointe droite........	0,77		0,17
Prière.........	Idem.............................	0,66		0,27

Compositions nouvelles. (Flamboyants.)

Chanteur.......	Grandes figures d'Anges de gauche.......	0,95	sur	0,82
Idem.......	Idem, de droite....................	1,25		0,75

SAINT-MÉRY

Histoire de Joseph.

Ils écoutent....	Deux figures, homme et femme..........	2,09 sur	0,76
Colère.........	Il sollicite Jacob son père...............	2,18	0,82
Accusation.....	Les frères indignés contre lui............	2,98	0,82
Ils se défendent.	Panneau en pointe, partie ogivale........	2,16	0,83
Joseph enfant..	Jacob ne veut pas le laisser partir.......	2,18	0,82
Les songes ex-			
pliqués......	Les frères le menacent de leur colère.....	2,90 sur	0,91
Vendu 30 piè-			
ces d'argent.	Il est livré aux marchands..............	2,88 sur	0,90
Le départ......	Les marchands l'emmènent..............	2,92	0,91
La Citerne.....	Descendu dans la citerne...............	2,80	0,91
Retiré.........	On fait le marché....................	Idem	
Putiphar.......	Il est acheté par Putiphar.............	2,17 sur	0,91
Résignation....	Il implore la bonté de son maître.......	2,16	0,91
Chasteté.......	La femme de Putiphar.................	2,63	0,91
Accusé fausse-			
ment........	Il est accusé........................	2,88 sur	0,90
En prison......	Il explique les songes.................	Idem	
Socle.........	Panneau de soubassement.............	Idem	
Guirlande......	Deux panneaux colorés des socles........	0,77 sur	0,90
Petites Inscrip-			
tions........	Six pointes d'inscriptions..............	0,73 sur	0,53

6

Actes des Apôtres.

Les trois Maries.	Saintes femmes au tombeau.............	1,80 sur	0,75
St Pierre	Institution du Sacrement...............	2,85	0,77
Le Baptême....	Même sujet..........................	1,28	0,73
St Paul........	Les Apôtres font des miracles...........	2,41	0,76
Boiteux guéri..	Saint Pierre sortant du temple.........	2,40	0,76

Flamboyants.

Le Fils	Le Christ dans sa gloire, pointe du haut..	1,13 sur	0,78
Résurection....	Pointe de gauche neuve................	1,78	0,34
Trompette	Pointe de droite, anges................	Idem	
Soldat........	Le vaincu	1,57 sur	0,78
Ste Catherine ..	Saintes en adoration, figures Renaissance.	1,75	0,81
Figures d'hom-			
mes	Figures agenouillées	1,47 sur	0,81
Idem	Figures nues.................	1,51	0,77
Hennequin.....	Donateur agenouillé au soubassement...	1,36	0,74
Baillet........	Idem, l'evêque de Troyes...............	1,50	0,74
Hennequin.....	Idem, président au parlement de Paris....	1,37	0,74
Président au par-			
lement	Fragment détaché, partie supérieure....	1,47 sur	0,74
Saintes femmes.	Idem d'une autre lancette..............	1,18	0,13

Continuation. Actes des Apôtres.

St Paul........	Prédication devant le temple	4,00 sur	0,80
Soldats, Peu -			
ple &..........	Soldats et magistrats écoutent...........	Idem	
Place publique.	Le peuple assemblé sur la place	Idem	

Flamboyants.

St Esprit....... Panneau de pointe le plus élevé .... 1,37 sur 0,90
Jugement der-
nier .... Pointe de gauche, figures nues .... 1,29 sur 0,20
Les Élus....... Pointe de droite .... Idem
Cartouches..... Panneaux d'anges sur nuage............ 2,17 sur 0,81
Inscriptions.... Panneaux de gauche.............. ..... Idem.

QUATRIÈME FENÊTRE.

Continuation. Actes des Apôtres.

Instruction..... Prédication de St-Pierre............... 4,65 sur 0,86
La Communion.. Institution de l'Eucharistie............. Idem.
Peuple......... Les femmes se convertissent..... ...... Idem.

Flamboyants.

Père Eternel... Panneau de pointe le plus élevé .... 1,19 sur 0,70
Figure de femme Pointe allongée de gauche......... 1,34   0,24
Jugement der-
nier .... Pointe de droite...................... Idem.
Ange .... Grand panneau de pointe avec cartouche.. 2,19 sur 0,91
Idem avec car-
touche....... Grand panneau d'ange sur fond de nuage. 2,21 sur 0,91

CINQUIÈME FENÊTRE.

Continuation. Actes des Apôtres.

Annanie .... On transporte le corps au tombeau....... 2,27 sur 0,88

Personnage cou-rant	Panneau en pointe, personnage	2,06 sur 0,90
Pièces de mon-naie	On apporte l'argent	2,46 sur 0,88
Terrain	Panneau du bas	2,06 0,89
Sommeil	Femme couchée	1,36 0,88
Apôtres	Fragments de figures	1,69 0,87
Temple	Partie d'architecture	0,97 0,88
Tête	Figure, fragments	0,92 0,88
Bas de figure	Figure avec blason	0,67 0,69
Paysage	Pointe sans indication	1,33 0,24

Partie ogivale.

Père Éternel	Pointe supérieure	1,19 sur 0,70
Figure de femme	Pointe allongée, gauche	1,34 0,24
Id. d'homme	Idem de droite	Idem.
Grand Ange	Grand panneau de pointe, droite	2,19 sur 0,91
Idem, cartouche	Idem avec inscription, gauche	Idem.

SIXIÈME FENÊTRE.

Histoire de la Vierge.

Union	Mariage de sainte Elisabeth	0,55 sur 0,95
Naissance	Naissance de saint Jean	0,95 0,55
Annonciation	L'Ange Gabriel apparaît à Marie	Idem.
Nativité	Naissance de l'Enfant-Jésus	Idem.
Mages	Les trois Rois conduits par une étoile	Idem.
3 Rois	Adoration des Mages	Idem.
Circoncision	L'Enfant-Jésus présenté au Temple	Idem.
St Pierre	Figure de saint, en pied	Idem.
St Paul	Fig. en pied du seizième siècle	Idem.
St Jean-Baptiste	Fig. de saint en pied avec attributs, Agneau.	Idem.
St André	Fig. en pied avec attributs	Idem.
St Michel	Fig. en pied avec attributs	Idem.
St Méry	Idem avec costume d'abbé, crosse en main.	Idem.
St Evêque	Idem avec habit pontifical, crosse en main.	Idem.

Les 8 Béatitudes, figures allégoriques. Style Renaissance.

Lumière....... Figure en pied tenant une lanterne mons-
tre sous ses pieds.................... 0,95 sur 0,55
Religion .... Fig., une oriflamme en forme d'étendard.   Idem.
Contrainte..... Fig. en pied, une épée à la main........   Idem.
Sollicitude..... Fig. en pied, avec attributs, berceau.....   Idem.
Prévoyance.... Fig. en pied, avec attributs, un pain à la
main.............................   Idem.

Histoire de la Vierge.

(Suite de la sixième fenêtre.)

Félicité........ Fig. en pied, attributs, fleurs à la main.... 0,95 sur 0,55
Foi ardente.... Fig. en pied, un cierge à la main........   Idem.
Mortification... Fig. en pied, des lanières pour flageller...   Idem.
Voix divine.... Fig. en pied, un cor pour faire entendre..   Idem.
Conversion..... Fig. en pied, vieillard à genoux..........   Idem.
Sommeil....... Deux personnages endormis.............   Idem.
Affaiblissement. Figures abattues, fragments.............   Idem.
Prodiges....... Plusieurs figures en admiration.........   Idem.
Supplication ... Personnage à genoux, élevant les mains au
ciel................................   Idem.

Ornementations nouvelles. Encadrements des tableaux.

Chiffre de J.-C. Cartouche de la lancette du milieu....... 0,98 sur 0,66
Id. de Marie... Idem, coloré.........................   Idem.
Encadrements.. Traits, recherches....................   Idem.
Ensemble...... Autres traits........................   Idem.
Études........ Idem, recherches.....................   Idem.
  Idem........ Modèle de la bordure................. 0,96 sur 0,24
  Idem........ Esquisses de toute la fenêtre coloriée..... 0,63   0,32
  Idem........ Idem de l'ensemble..................   Idem.

SAINT-GERMAIN-L'AUXERROIS

———

Portement de
Croix....... Lancette de gauche, architecture........ 2,82 sur 0.75
La Croix....... Lancette de droite.................... Idem.
Descente de
Croix........ Idem, architecture avec figure......... Idem.
Flagellation.... Quatrième lancette.................... Idem.
Couronnement
d'épines...... Tableau de la partie inférieure, première
lancette de gauche. .... 3,05 sur 0,75
Jésus devant
Caïphe....... Deuxième lancette, figure et socle....... Idem.
J. devant Pilate. Troisième lancette, couronne de socle avec
attributs nouveaux................... Idem.
Au Tombeau... Quatrième lancette, figure agrandie ou
rétablie .... Idem.

Flamboyants.

Sacrifice d'A-
braham...... Grand panneau de gauche. .... 1,93 sur 0,76
Martyr inconnu Idem, de droite................... 1,81 0,74
Jonas dans la ba-
leine........ Écoinçon de gauche .... 1,52 sur 0,15
Jonas rendu ... Idem de droite, nouvelle composition.. 1,52 0,45

Anges	Plusieurs panneaux du haut, pointe	0,35 sur 0,75
Contemplation..	Coins de lancette, 4 figures	0,84 0,65
Adoration	Idem, d'Anges avec couronne	Idem.
Admiration	Autres habillés de même	Idem.

DEUXIÈME FENÊTRE.

Première partie de la Passion.

La Pâque	Première lancette de gauche, partie inférieure	5,00 sur 0,79
Jésus lave les pieds	Deuxième lancette et socle	1,95 sur 0,79
Judas reçoit l'argent	Troisième lancette, tableaux grandis	2,64 sur 0,79
Les Oliviers	Quatrième lancette, Jésus au calice	2,64 0,00
Baiser de Judas.	Cinquième lancette avec blason	2,64 0,79
Jésus conduit devant	Première lancette des tableaux du haut	2,25 sur 0,89
Jésus devant	Deuxième lancette, même composition	Idem.
Jésus outragé..	Troisième lancette	Idem.
Jésus accusé	Quatrième lancette avec ornements	Idem.
Jésus renvoyé,,	Cinquième lancette,,,,,,,,,,,,,,,,,,,,,	Idem)i

Flamboyants.

Moïse	Grand panneau de gauche	1,93 sur 0,82
Meurtre	Idem, de droite	1,63 0,82
Chevalier	Panneau du haut, pointe supérieure	1,63 0,75
Adorateur	Grande pointe des côtés, gauche	1,05 0,87
Prophète	Idem, des côtés, droit, à banderoles	1,62 0,46
Prophète	Petite pointe d'Anges de couleur	1,67 0,44
Adorateur	Petite pointe gauche	1,20 0,28
Anges	Fragments d'Anges en pointe	1,20 0,32
Bienheureux	Panneau d'angles, écoinçon	1,13 0,36
Prophète	Figure à banderole	1,00 0,74
Prophète	Idem, caractère allemand, écoinçon	1,05 0,70
Idem	Idem, de costumes, écoinçon	1,00 0,75

TROISIÈME FENÊTRE, CÔTÉ DE L'OUEST.

Miracles de Jésus-Christ.

Noces de Cana..	Première lancette, figure de donateur, chef de la communauté.................	2,07 sur 0,84
Paralytique....	Deuxième lanc. avec ccmposition nouvelle.	1,61 0,91
La Femme adultère........	Troisième lancette, Jésus écrit par terre..	1,60 sur 0,83
La Samaritaine.	Quatrième lancette, le bas est rétabli à neuf.	1,47 0,85
Miracle des poissons........	Cinquième lancette, 4 figures de donatrices.	2,07 sur 0,85
Entrée dans Jérusalem......	Première lancette, des tableaux supérieurs.	2,86 sur 0,80
Marchands chassés du Temple	Deuxième lancette, les Marchands chassés.	2,86 sur 0,80
Aveugle guéri..	Troisième lancette....................	Idem.
Guérison d'une femme.......	Quatrième lancette....................	2,86 sur 0.80
Lazare........	Cinquième lancette, la Résurrection......	2,90 0,85

Flamboyants.

St Michel......	Panneau de l'extrémité supérieure, 3 Anges.	1,16 sur 0,85
Bohémiens.....	Grand panneau du milieu de droite.......	1,85 0,83
Prière.........	Id. de gauche..............	1,70 0,83
Idolâtrie.......	Le Meurtre...........................	1,62 0,85
Prophète.......	Panneau d'angles, écoinçon..............	1,00 0,75
Idem.........	Figure à banderole....................	1,00 0,77
Idem........	Id. avec inscription................	1,00 0,75
Moïse..........	Grande pointe de gauche...............	Idem.
Prophète.......	Id. de droite avec banderole.....	1,58 sur 0,45
Idem........	Petite pointe de gauche................	Idem.
Anges.........	Id. de droite...................	1,15 sur 0,31

QUATRIÈME FENÊTRE (OUEST, PRÈS DE LA NEF).

Meule de moulin.	Femme couchée......................	
Séparation de l'âme........	Matelots jetant un homme à la mer.......	3,72 sur 0,75
Figure nue couchée........	Corps de saint trouvé au milieu des bêtes..	3,72 sur 0,75
Maçons........	Ouvriers construisant une maison........	1,90 0,75
Décapitation ...	Bourreau tranchant la tête à un évêque...	1,90 1,75
Outrages.......	Les soldats déchirent les vêtements de cet évêque...........................	1,90 sur 1,75
Ste Elisabeth, St Pierre.....	Saint Pierre avec ses clefs, plus grande figure............................	Idem.
Ste Elisabeth...	Donatrices agenouillées devant leur prie-Dieu............................	Idem.

Flamboyants.

Ste Marie-Magdeleine.......	Anges portant au Ciel sainte Marie-Magdeleine............................	0,82 sur 0,69
Stes Martyres..	Trois saintes avec plats et vases (accessoires).	0,89 0,69
Stes inconnues.	Trois saintes avec épées, livres..........	0,91 0,73
Stes aux flèches.	Une sainte, deux jeunes filles à la S......	0,89 0,69
Ste Agnès......	Trois saintes, agneaux................	0,35 0,72
Sainte-Famille.	Ste Anne, la Vierge et ste Elisabeth......	Idem.

CINQUIÈME FENÊTRE

Transept (sud).

La Vierge......	Première lancette....................	6,10 sur 1,72
Anges et personnages........	Deuxième lancette...................	Idem.
Anges et personnages........	Troisième lancette...................	Idem.
Apôtres........	Quatrième lancette..................	Idem.

Flamboyants.

Le Christ dans sa gloire.....	Extrémité supérieure...................	1,09 sur	0,63
La Vierge au Ciel..........	Panneau, centre gauche................	1,10 sur	0,69
Père Éternel...	Panneau, centre droit.................	1,13	0,69
Anges.........	Ecoinçon de droite....................	1,40	0,46
Anges à draperie	Ecoinçon de gauche...................	1,32	1,45
Têtes d'Anges..	Trois petits écoinçons carrés...........	0,50	0,57

SAINT-GERVAIS

Assistants...... Première travée, grande figure historique. 3,70 sur 0 91
Baptême....... Deuxième travée, figure agenouillée les
                   mains jointes....................... Idem.
Soldats et peuple Troisième travée, apôtre assistant........ Idem.
St Paul........ Quatrième travée, spectateurs, blason..... Idem.

Partie inférieure. — 2ᵐᵉ tableau.

Blason........ Première travée, armoiries d'azur aux trè-
                   fles d'or........................... 2,84 sur 8,91
Donatrice...... Grande figure du seizième siècle age-
                   nouillée........................... Idem.
Prie-Dieu...... Troisième travée, la Vierge près de la fi-
                   gure............................. Idem.
Armes de la do-
natrice...... Quatrième travée, intérieure, armoirie
                   d'azur, trèfles et croissant d'or......... Idem.

Par le supérieure, ogivale.

Père Éternel ... Grande figure de la pointe supérieure..... 1,08 sur 0.91
Chérubin....... Ecoinçon de têtes d'Anges de gauche...... 0,95   0,50
Ange .... Pointe de droite....................... Idem.
Adorateur...... Grande demi-figure d'Anges, milieu...... 1,35 sur 0 91

Prière .... Grande demi-fig. d'Anges, de gauche ou de
              droite .... 1,40 sur 0,90
Contemplation.. Figure d'Ange nue en pied 1,23   0,60
Contemplation.. Idem de gauche 1,30   0,59
Soubassement.. Soubassement 0,61   0,43
Soubassement.. Composition nouvelle, droite, balustrade.. 2,12   0,91
Id. remplissage. Idem de gauche avec guirlande, fruits .... Idem.

SECONDE FENÊTRE DE LA NEF.

Donation de l'abbaye de Poissy.

Moines .... Acceptation de l'abbaye .... 3,22 sur 0,91
St Louis .... Figure composée du roi .... Idem.
Poissy .... Paysage des environs de Paris .... Idem.
Abbaye .... Village de Poissy .... Idem.
Naufrage ...... Les Croisés en danger sur la mer .... Idem.
Le Danger ..... Le rocher et le vaisseau .... Idem.
L'Abbé .... Les moines prient pour le roi .... Idem.
Moines .... Groupe de moines .... Idem.

Partie supérieure ogivale.

Père Éternel ... Panneau, pointe du haut .... 1,15 sur 0,91
Ange .... Ecoinçon de droite, tête 1,09   0,61
Chérubin ...... Ecoinçon de gauche 1,08   0,91
St Jean l'Evan-
     géliste .... Evangéliste avec aigle .... 1,20 sur 0,91
St Luc .... Idem avec ange 1,14   0,65
St Marc .... Idem avec attribut, lion 1,20   0,66
St Mathieu ..... Idem avec bœuf. Ces figures sont de gran-
              deur naturelle .... 1,19 sur 0,91
Séraphin .... Tête d'Ange 0,30   0,30
Ange .... Idem .... Idem.

TROISIÈME GRANDE FENÊTRE DE LA NEF.

Jésus parmi les docteurs.

Docteur .... Première travée, figure plus grande que
              nature .... 5,86 sur 0,91

Jésus assis	Première travée, fig. plus grande que nature.	5,86 sur 0,91
Assistants	Idem	Idem.
La Vierge	Saint Joseph, la Vierge	Idem.
Inscription	Texte de l'Evangile	3,40 sur 0,16
Écriture-Texte.	Explication du sujet. Inscription	Idem.

Partie ogivale du haut.

Jéhovah	Pointe la plus élevée en forme de cœur	1,03 sur 0,89
Lune	Pointe de gauche	1,55 0,60
Soleil	Le firmament	Idem,
Ange	Ecoinçon de droite, nuage	0,63 sur 0,00
Ange	Grande figure d'ange	Idem.
Chérubin	Tête d'ange ailée	0,07 sur 0,91
Chérubin	Idem	1,30 0,90

Soubassement. — Composition nouvelle.

Etude au trait des socles.

Etude du prolongement.

Etude du prolongement.

QUATRIÈME GRANDE FENÊTRE.

Les pieds lavés.

Saint Pierre	Jésus entouré des Apôtres	5,75 sur 0,91
Jésus	Jésus à genoux essuie les pieds de saint Pierre.	Idem.
Saint Pierre	Saint Pierre	Idem.
Saint Jean	Les Apôtres dans l'admiration	Idem.

Partie supérieure ogivale.

Calice	Pointe la plus élevée en forme de cœur	1,13 sur 1,91
David	Figure grandeur naturelle, la harpe	1,39 0,89
Moïse	Le Prophète de gauche	Idem.

Élie.......... Prophète de droite..................... 1,51 sur 0,91
Aaron........ Deuxième Prophète de gauche.......... 1,51   0,91
Ange .... Panneau en pointe.................... 1,37   0,65
Ange .... Grande demi-figure................... Idem.

Soubassement.   4,08 sur 1,24

CINQUIÈME FENÊTRE.

Saint Gervais, saint Protais.   3,82 sur 0,91
Saint Gervais , Conduits au supplice , le roi ordonne aux
  saint Protais.   soldats le martyre .... 3,82 sur 0,91

SIXIÈME FENÊTRE.

Chapelle des fonds.
Baptême du
  Christ...... Même chapelle...................... 3,21 sur 1,36
Saint Jean-Bap-
  tiste........   Idem........................... 1,66 sur 0,72
Saint Nicolas...   Idem........................... 0,64   0,61

SAINT-ÉTIENNE-DU-MONT

Histoire du patron de l'église.

Saint Etienne..	Diacre, il se fait connaître..............	2,63 sur 0,81	
Il convertit....	Prêche et convertit le peuple............	Idem.	
Envie.........	Le peuple écoute et murmure..........	Idem.	
L'ordination....	Saint Pierre lui impose les mains........	Idem.	
Coudamnation..	Il est conduit devant les magistrats.......	Idem.	
Lapidé........	Matathée le juge et le condamne........	Idem.	
Sa mort........	Il est traîné hors de la ville par la populace.	Idem.	
Il marche au supplice	On le porte aux Catacombes............	Idem.	
Sa mort........	Il est conduit au supplice par les soldats..	Idem.	
Parmi les bêtes.	Exposé au milieu des bêtes; son âme au ciel...............................	Idem.	

Partie supérieure. — Apothéose de saint Étienne.

Sainte-Trinité..	Moitié du tableau du haut..............	1,85 sur	1,00
Le Paradis.....	Le saint reçu par Dieu................	1,09	1,00
Ange adorateur.	Ecoinçon au trait....................	1,50	0,50
Idem	Ecoinçon, petites figures...............	0,63	0,65
Idem	Ecoinçon en trèfle, pointe droite..........	0,82	0,60
Idem	Idem. pointe gauche........	0,86	0,51
Idem	Ecoinçon gauche......................	0,86	0,51

DEUXIÈME FENÊTRE.

Galerie supérieure de la nef (Sud). — Ascension.

Apôtres........	Première travée de droite, grande figure..	2,76 sur 0,80
Idem........	Deuxième travée de gauche, figure age-	
	nouillée...........................	Idem.
Ascension......	Travée du milieu....................	Idem.
L'Épi d'or......	Ecusson écartelé aux pièces diverses.....	1,12 sur 0,82
Croix de Jéru-		
salem	Ecusson écartelé à la feuille d'or, etc......	Idem

TROISIÈME FENÊTRE.

Rosace de la façade.

Harpe	Anges musiciens	Idem
Lis............	Anges avec fleurs.....................	0,94 sur 1,52
Adorateur......	Lobe triangulaire	0,90 1,52
Idem	Différentes attitudes d'Anges	0,86 0,60
Idem	Anges musiciens	Idem
Idem	Huit têtes de Séraphins	Idem
Evêque	Panneau central, rond	Idem
Idem	Idem	0,38 sur 0,00
Idem	Panneau en pointe	0,94 sur 0,52
Idem	Idem	Idem
Livre..........	Figure grandeur naturelle..............	Idem
Fleurs........	Couronne de fleurs....................	1,10 sur 0,34
Crosse........	Figures d'Anges......................	Idem
Crosse........	Pères de l'Eglise.....................	Idem
Croix	Idem, rond..........................	Idem
Fleurs.........	Panneau allongé, en rayons.............	Idem
Idem	Idem	1,08 sur 0,52
Triangle.......	Anges musiciens	Idem
Trompette	Figure en miniature...................	Idem
Flûte	Même disposition......................	Idem

QUATRIÈME FENÊTRE, REZ-DE-CHAUSSÉE (SUD).

Le Banquet du père de famille.

Le Festin......	Trois tableaux l'un sur l'autre...........	3,04 sur 0,68
Le Père de fa- mille........	Un soldat agenouillé..................	Idem
Les Déshérités.	Il envoie chercher les malheureux.......	Idem

Différents sujets et figures détachées.

La Vierge......	Éducation de la Vierge.................	1,45 sur 0,59
St Etienne.....	Saint Etienne diacre, livres et palmes à la main.............................	Idem
Éclésiastique...	Figure de saint évêque................	Idem
Idem..........	Evêque, crossé et mitré..............	Idem
Mater Dei......	Figure de la Vierge...................	1,42 sur 0,55
Mater dolorosa.	Panneau rond, descente de Croix........	0,77 0,00
Rédempteur....	Panneau rond, le Christ en Croix........	0,75 0,00
Colonne.......	Pointe de panneau de droite...........	0,79 0,43
Passion........	Pointe de gauche.....................	Idem
Melchisédech..	Tableau des charniers.................	1,96 sur 0,68
Crimes........	Idem des péchés capitaux.............	Idem
Ste Élisabeth....	Figure de femme.....................	1,10 sur 0,00

7

SAINT-EUSTACHE

PREMIÈRE FENÊTRE PRÈS DU TRANSEPT SUD.

St Germain, St Mathieu..... St Germain, évêque de Paris, en habits pontificaux. St Mathieu, 1er apôtre..... 6,42 sur 1,60

DEUXIÈME FENÊTRE.

St Simon, St Jude........ St Simon Stylite, 2e apôtre. St Jude Thadée, 3e apôtre....................... Idem.

TROISIÈME FENÊTRE.

St Thomas, St Philippe..... St Thomas, 4e apôtre. St Philippe, 5e apôtre. Idem.

QUATRIÈME FENÊTRE, AU CHEVET, UNE SEULE FIGURE.

St Jacques le Majeur...... St Jacques le Majeur, fils de Zébédée, 6e apôtre. .... 7,35 sur 1,35.

CINQUIÈME FENÊTRE, UNE FIGURE.

St Paul........ St Paul, 7e apôtre..................... Idem.

SIXIÈME FENÊTRE, AU-DESSUS DE L'AUTEL (CENTRE).

St Eustache.... Le Christ. Ste Agnès. St Eustache........ 7,35 sur 1,35

SEPTIÈME FENÊTRE, UNE FIGURE.

St Pierre...... St Pierre, apôtre...................... Idem.

HUITIÈME FENÊTRE, UNE FIGURE

St André....... St André............................ Idem.

NEUVIÈME FENÊTRE.

St Jean, St Jac-
ques......... St Jean l'Évangéliste. St Jacques le Mineur.. 6,42 sur 1,60

DIXIÈME FENÊTRE.

St Barthélemy,
St Mathias... St Barthélemy, apôtre. St Mathias........ Idem.

ONZIÈME FENÊTRE.

St Grégoire, St
Augustin.... St Grégoire le Grand, docteur. St Augustin
d'Hippone. .... Idem.

Calques et études non utilisés provenant de différentes églises.

Le Chevrier.... Parties de figures, grandeur naturelle..... 1,40 sur 0,90
Au bâton....... Idem, grande fenêtre, regardant en bas;
frères de Joseph .... 1,60 sur 0,90
Pharaon .... Chef de soldats indiquant 1,50   0,90
Bergerie....... Les moutons et les brebis. Femme vidant
un seau............................ 1,40 sur 0,75

Douleur	Jacob déchire ses vètements............	1,05 sur 0,85
Le Récit.......	Plusieurs figures des frères de Joseph	1,60 1,72
Les Vaincus....	Figures grandeur naturelle.............	Idem.
Évêque	Figures idem avec tête de donateur......	1,35 sur 0,91
Le Christ	Grande figure tirée de la fenêtre du chevet de Saint-Gervais....................	1,54 sur 0,91
St Pierre	Idem de Saint-Pierre, rétablie à Saint-Méry.	1,68 0,74
La Barque	Sujet intéressant, barque traversant la rivière...........................	2,02 sur 0,54
Parfums	Ste Marie-Magdeleine essuie les pieds du Christ	1,35 sur 0,53
St Fiacre	Figure de St Fiacre avec palme, 3 donateurs............................	1,23 sur 0,58
Apôtres........	Plusieurs figures de saints, fragments.....	1,25 0,55
Aumône. Sujet civil	Figures en costume du temps, état civil..	1,15 sur 0,90
Char de feu....	Des cordeliers à genoux regardent le ciel.	1,50 0 92
St François	Cordelier, reçoit les stigmates...........	Idem.
Ste Catherine...	Sainte du XVIe siècle, habillée à la mode du temps....................	1,34 sur 0,92
St Jean l'Év....	Demi-figure avec architecture..........	0,98 0,64
Roi et courtisans........	Sujet, demi-figure inconnue.........	0,90 sur 0,47
Martyrs........	Sujet familier trouvé dans la rose de Saint-Etienne.....................	Idem.
L'Aveugle......	Partie supérieure d'un tableau..........	1,00 sur 0,50
Ste Cécile......	Fragments de figure, ceinture et livre....	0,45 sur 0,86
Donateur......	Soubassement à tête de lion............	1,55 sur 0,50
Ornement......	Partie droite de soubassement..........	0,90 sur 0,68
Guirlande de droite	Panneaux, ornements divers............	Idem.
Idem de gauche	Le même coloré.....................	Idem.
Coquille de droite	Panneau d'ornements, pointe du haut....	0,50 sur 0,67
Idem de gauche	Dessin, projet de fenêtre destiné à St-Méry.	0,90 sur 0,80
Vase, ornement.	Même projet de trois compositions.......	0,98 sur 0,91
Projets........	Dessin du chevet de Saint-Gervais coloré..	0,76
Transfiguration, etc.....	Autre projet.........................	0,74 sur 0,72

(2080-71)   Paris. — Typ. A. POUGIN, 13, quai Voltaire.

www.ingramcontent.com/pod-product-compliance
Lightning Source LLC
Chambersburg PA
CBHW070744280626
47162CB00017B/2345